아무도
불러주지 않는

내 이름을
찾기로 했다

내가 지금 뭐 하고 사나 싶은
당신에게

아무도
불러주지 않는

내 이름을
찾기로 했다

김혜원 지음

느린
서재

3부 이제, 전업주부를 졸업해야겠다

프롤로그

나는 누구인가?

나로 말할 것 같으면 별일 없이 오늘을 사는 평범한 여성이다.

결혼 10년 차, 전업주부, 성실한 남편과 두 명의 아이.

맛있는 것도 잘 사먹고 운동도 하고 취미생활도 하고 주말엔 가족과 캠핑도 다닌다. 살림하고 아이들 키우면서 재미있게 살고 있다. 그리고 또 한 가지.

인스타그램 속 즐거운 몇 장의 사진으로는 담을 수 없는 비밀이 나에게 있다.

"아유, 여자는 사모님처럼 남편 그늘 아래에서 예쁘게 꾸미면서 사는 게 최고예요."

나를 사모님이라고 부르던 인테리어 디자이너는 내게 견적서를 내어주며 말했다.

그날 밤, 그녀의 SNS를 찾아보았다. 주말에도 밤에도 일한다는 디자이너의 피드에서 암호를 찾으려는 것처럼. 불 꺼진 밤 잠든 아이 옆에 누워 '좋아요'는 누르지 않게 조심하며 화려한 사진들을 한참 들여다보았다. 지금 나는 부러운가? 화가 났나? 무슨 감정인지 정확히 짚어낼 수 없었다. 이즈음 나는 종종 헷갈렸다. 행복하지 않은 것은 아니지만 불행하지 않은 것도 아닌….

사는 게 우울한 것 같다는 고백에 어떤 이는 이렇게 말했다.

"네가 왜 우울해, 남편이 바람을 피워, 돈에 쪼들려, 너 하고 싶은 거 다 하고 사는 거 같은데, 그거 솔직히 배부른 소리같이 들려, 남들이 들으면 욕해."

그래, 그럴 수 있다. 내가 인테리어 디자이너의 SNS를 한참 동안 들여다본 것처럼 누군가는 나를 정말로 부러워할지도 모르고 심지어 질투할지도 모른다. 하지만 누구의 삶이든 한 꺼풀만

벗겨보면 다들 보이는 것 이상으로 이상하기 마련이다. 그래서 지금 내가 느끼는 불편한 기분을 그냥 모른 척 흘려보내고 싶기도 하다. 다 괜찮은 것처럼….

하지만 괜찮고 싶었을 뿐, 나는 정말 괜찮지 않았다.

전업주부 10년 차에, 마음속에선 자꾸만 이런 질문이 떠올랐다. 내 자리는 도대체 어디일까.

그리고 남들이 아닌 내가 먼저, 나를 욕하고 있었다. 가족을 우주만큼 사랑하지만 바로 그 안에서 종종 참을 수 없이 고통스러운 나라니. 사랑과 고통이 어째서 한 문장에… 너무 이상했다.

그래서 그냥 지나치지 못했다. 나는 고통은 그것을 들여다보고 물어봐 주는 사람이 있을 때에만 가치가 있다고 생각한다. 치유란 고통을 없애는 게 아니라 고통의 이름을 알 때 일어나기 때문이다. 그러니까 들어줄 사람이 필요한 일이다. 나에겐 그 사람이 나 자신이었다. 나는 내 고통의 이름을, 이유를, 방향을 알고 싶었다. 그게 바로 나도 모르게 잃어버렸던 내 이름일 것 같았다.

이 책은 나의 복잡한 마음을 해부하듯이 들여다봤던 그 시간의 기록이다. 브런치에 연재하던 날것의 문장들을 최대한 담으려 했다. 종이책이 되면서 조금 순화한 부분도 있지만 거친 생각과 질문의 흐름이 그대로 담기기를 바랐다. 바로 그 질문들이 나를 조금 다른 풍경 속에 데려다 주었기 때문이다. 중쇄를 찍는 지금, 더욱 확신을 가지고 말할 수 있다. 이 글을 쓰면서 나는 처음으로 여자, 엄마, 주부라는 사회적 맥락 속에서의 나를 직시했다. 그리고 어떻게 됐냐고? 내가 어디서 뭘 하건 사라지지 않는, 내 안의 '성장하고 싶은 욕망'을 부끄러움 없이 말하게 되었다. 또 그후 일어난 제일 좋은 일은, 내가 나를 정말로 좋아하게 된 것. 이제는 괜찮지 않을 때마다 나를 주저 없이 안아줄 수 있을 만큼….

나는 이 책이 작은 연료로 쓰였으면 좋겠다. 누군가가 자신의 일상적인 고통을 정면으로 마주하는 데에, 스스로 들여다보고 물어보는 자신만의 터널로 걸어 들어가는 데에, 도움이 되기를 바란다. 그리고 그 끝에서 그가 드디어, 내가 그랬듯이 스스로를 조금 더 조건 없이 응원하게 되었으면 좋겠다. 이 세상에, 나에게 언제라도 괜찮지 않아도 괜찮다고 말해주는 한 사람이 있다는 건 너무 멋진 일이니 말이다.

2023년 한여름, 김혜원

1부

**전업주부에게
오류가 생겼다**

감정 한 푼만 줍쇼

10년, 전업주부가 된 지 딱 10년 차다. 10년이면 약 8만 7천 6백 시간. 심리학책에선 한 가지 일을 1만 시간 동안 하면 전문가가 되고 성공한다고 했다. 정말 그런가? 하긴, 어디 가서 주부라고 말하기에 부끄럽지 않게 집안일 하는 손이 빨라지긴 했다. 그렇지만 나에게 대입해보자면 10년이란, 성공하기 좋은 기간이 아니라 지치고 나가떨어지기 딱 좋은 기간이 아닌가 싶다.

큰아이가 열 살이 되던 해이자 결혼 10년 차에 들어서던 해인 2021년, 나에게는 주부생활 10년 치의 권태기가 한꺼번에 찾아왔다. 전업주부로 사는 내 인생이 한없이 초라해 보이고, 헛살았다와 의미 없다로 요약되는 마음의 병이 들었다. 그리고 그 핵심에 남편과의 불화가 있었다. 당시에는 마치 내 삶의 문제들이 다 남편 탓인 듯 사사건건 모든 게 싸움의 불씨가 되었다. 부부끼리는 대화가 중요하다는데 대화를 하면 할수록 벽을 보고 선 것처럼 가슴이 답답했다.

현실에서도 꿈에서도 나는 자주 울었다. 몇 번이나 "나 이렇게 못 살겠다"는 내 잠꼬대에 놀라 깨어나곤 했다. 이건 아닌데, 그럼 대체 무엇이 되어야 하는지 머릿속도 시야도 안개 속처럼 흐릿했다. 이런 상태를 뭐라고 하지? 화병? 우울증? 코로나 블루? 권태기?

남편은 마치 갑자기 지뢰를 밟은 사람처럼 놀랐다. 어디서 소통 못한다는 소리는 못 들어봤다는데 동거인으로부터 '우리는 지난 10년간 전혀 소통이 되지 않았다'는 통보를 받았으니 놀랄 만도 했다. 그는 내가 잘 지내는 줄 알았다고 말했다. 자기처럼 행복한 줄 알았다고 했다. 우리는 꽤 잉꼬부부였고 10년 동안 큰 싸움을 한 적이 없었다. 그런데 올해 들어서는 밤새 말다툼을 하고 며칠이나 냉랭하게 지내곤 했다. 언젠가부터 나는 거의 매일 화가 나 있었는데, 화를 차근차근 모아서 빵 터뜨리곤 했다.

싸움의 주제는 보통 감정적인 케어에 대한 요구였다. 이는 우리가 다투는 거의 유일한 주제였다. 어쩌면 우리는 이것만을 가지고 평생 싸울 수도 있을 것 같았다. 10년이나 같이 살아놓고 이제 와서 어떻게 이런 걸로 싸울 수 있냐고 물을지도 모르겠다. 글쎄, 나도 어쩌다 이렇게 됐는지 모르겠다. 어쨌든 우리는 감정과 케어, 이 둘에 대한 생각과 태도가 너무나 달라 평행선이 좁혀지지 않았다.

많은 남녀가 그렇겠지만 우리 부부 역시 감정과 케어의 적정선이 달랐다. 예컨대 손가락을 다쳤다면 남편은 "괜찮아?" "병원 갈까?" 정도면 감정을 받기에도 주기에도 충분하다고 생각했지만, 나는 그 정도면 서운했다. 내게 달려와서 등을 쓸어주고 다친 곳을 살펴주고 심지어 아픈 손가락을 대신해줄 것처럼 살갑게 굴었으면 했다. 내가 그에게 그렇게 하듯이. 하지만 그런 바람은 단 한 번도 이루어진 적이 없다.

남편은 남이나 아내에게나 늘 '공평'한 사람이고 나는 부부끼리의 '특별대우'를 바란다. 내가 바라는 폭이 더 넓어서인지 서운한 건 늘 나, 서운함을 빌미로 싸움을 거는 것도 나이다. 나 좀 봐줘, 나한테 다정한 말 좀 해줘, 나 좀 돌봐줘…. 밖에서 본다면 나는 달라고 조르고 남편은 주지 않으려 버티는 형상일 것이다.

나 혼자 짝사랑하다 보쌈해서 결혼한 것도 아닌데 왜 그렇게 인색하게 구는지, 치사하기가 이를 데 없다. 처음에는 조금 얄미웠는데 시간이 쌓이면서 감정이 점차 원망으로 불어났다.

안다, 사람이 사는 데 심각하고 중요한 일이 얼마나 많은데 그까짓 감정 케어 좀 안 받으면 어때서? 하지만, 그까짓 감정 케어 좀 해주면 안 되나? 이러는 내가 응석받이처럼 보일지도 모른다. 믿을지 모르겠지만, 나는 원래 그런(?) 사람이 아니(었)다. 연애시절엔 나도 질척거리는 걸 질색하는 사람이었다! 그랬던 내가 남편과의 관계에서 언젠가부터 더 많이 바라는 사람이 되어갔다. 내가 원하는 만큼의 관심과 사랑을 받고 싶어서 아주 안달이 났다. 처음에는 그저 남편에게 어리광을 부린 것이었는데 남편이 절대 받아주지 않자 점점 더 어린애처럼 조르게 되었는지도 모르겠다.

감정을 두고 다툴 때마다 우리는 서로의 다른 점을 직시했다. 애초에 나는 유난히 감정적이고 그는 유난히 이성적임을 모르지 않았다. 그게 서로에게 매력이었는데 이제는 매력이 아니라 부담이 되는 것 같았다.

줄다리기가 계속되다 보니 어느 순간부터는 내가 양보하면 그냥 부부 싸움에서 지는 게 아니라 나 자신을 통째로 부정당하는 거란 착각이 들었다. 어느새 나는 사랑과 관심을 얻어내기 위한 투사가 되었다. 남편은 무엇을 위해 나와 그렇게 싸웠을까? 그렇게… 감정 케어 문제는 나의 일생일대의 문제가 되었고, 여자로서 또 아내로서의 자존심을 건 문제가 되고 말았다.

틀린 말은 아니지만 싫은 말

결혼하기 전에 남자친구(현 남편)의 친구들을 만났다. 누군가 '그가 어디가 좋으냐'고 물었을 때 나는 이렇게 말했다.

"빈말 안 해서 좋아요. 오빠가 하는 말은 다 진짜거든요."

그들은 고개를 끄덕였더랬다.

"맞아. ○○가 빈말은 진-짜 못하지…"

그때 나는 남편의 그런 점이 정말 좋았다. 말만 번지르르하게 하는 사람들을 아주 싫어했으니까. 10년 후에 내가 빈말에 얼마나 굶주리게 될지 모르고서….

남편은 누가 봐도 꼿꼿하고 올곧은 에프엠(FM)이다. 살아 있는 도덕책이고, 희대의 매너남이다. 감정에 휘둘리지 않고 이성적으로 행동하며 그러므로 또는 그러기 위해서 틀린 말은 절대 하지 않고 선을 넘는 말도, 말실수도 하지 않는다. 아아! 왜 사람은 자신에게 없는 것을 원하고 또 탐하는 것일까. 나는 그에게서 신뢰와 안정감을 채웠고 늘 그와 같은 사람이 되고 싶었기 때문에 그의 곁에 있고 싶었다. 그러나 결과적으로 사는 동안 나는 그의 몫까지 더 열렬하게 감정적으로 굴었다. 그리하여 틀린 말과 선을 넘는 말, 실수로 튀어나오는 말에 파묻혀서 살았다. 감정을 발산하는 나, 감정을 억누르는 그, 더 괴로운 건 어느 쪽일까? 막상막하일까?

우리는 감정 케어 문제를 두고 싸웠다고 적었는데, 처음부터 그랬던 건 아니었다. 시작은 언제나 늘, 말 한마디였다. 내가 바라는 말과 남편이 하는, 할 수 있는 말의 간극이 너무나 크다는 것을 점점 깨달아가고 있었다.

그날은 아이들의 잘 시간이 훌쩍 지나서 평소보다 바쁜 저녁 시간을 보내고 있었다. 큰아이를 씻겨 내보내고 둘째 씻길 준비를 하면서 큰아이 머리를 좀 말려달라고 그에게 부탁했다. 그랬더니 남편은 "나 화장실 갈 거야"라고 말하고 화장실로 쏙 들어가버렸다.

"아… 진짜. 무슨 화장실을 꼭 할 일 있을 때마다 가냐?"라는 말이 불쑥 튀어나왔다. 나중에 들으니 나의 미간은 잔뜩 구겨져 있고 말에는 감정이 실려 있었다고 한다. 그럴 만도 했다. 나는 남편과는 다르게 말 한마디에도 과거와 미래를 실을 수 있는 능력이 있으니까. 내 한마디 말에는 너는 과거에도 그랬고 미래에도 그럴 것이라는 서운함과 암담함이 스며들어 있었다. 현재만을 사는 남편이 그 행간을 어찌 읽으리오?

내가 바라는 것은 단 한 가지였다. 과거에는 잘못했고 미래에는 잘하리라는 말. 나도 알고 너도 알고 하늘도 아는 5천만의 빈 말… 그 말을 예상하고 또 바랐다. 하지만 남편이란 존재는 쉽게 그 말을 하지 않았다. 그도 머리로 생각이라는 것을 하고, 자기만의 삶을 꾸려나가는 방식이라는 게 있는 거겠지….

"그렇다고 그렇게 짜증을 내는 건 잘못이다. 과민성 대장증후군이 죄는 아니지 않냐!"

물론 태초부터 인간의 장기는 죄가 없다. 장기를 품은 인간이 잘못이지. 그리고 중요한 건 화장실을 가느냐 마느냐가 아니라, 머리를 말려주느냐 마느냐 아닌가…. 못하는 상황이라면 미안하다고 말해야 하는 거고.

"(의아) 왜 사과를 하냐? 1도 미안하지 않다. 생리현상은 미안한 일이 아니다."

미안해해야지. 애초에 육아에 책임이 없다고 생각하니까 내게 안 미안한 거다. 내가 회사 동료이고 그가 생리현상으로 회의에 참석하지 못한 상황이라도 이렇게 당당했을까?

"당연하다. 동료라면 화내지 않고 이해해준다. 어쩔 수 없는 상황은 누구에게나 올 수 있으니 서로 이해해야 한다."

이 지점에서 이미 나에겐 감정의 쓰나미가 덮쳐온다. 애초에 이렇게 말을 주고받을 여유도 없었다. 애들 씻기고 재우기도 바쁜데 어른은 둘이지만 애들 챙기는 건 언제나 나, 한 명이다. 과거와 현재와 미래의 독박육아가 힘들고 서운하고 화가 난다고 한마디 한 걸 가지고, 남편은 기어이 이 상황을 생리현상을 핍박하는 한 인간과 그것을 지키려는 한 인간의 구도로 우습게 만들고 만다. 그래서 더 화가 난다.

이 상황에서 무엇이 나를 위로할 수 있을까? 이런 나를 이해받고 싶은 건 욕심일까.

아… 그냥 미안하다는 말만 듣고 끝내고 싶다.

지금 화가 나서 얼굴이 빨개진 건 나뿐이다. 그 사실을 깨닫고 깊은 수치심을 느낀다. 이제 됐으니 그냥 미안하다고 말 좀 해달라고, 그럼 나는 더 잔소리하지 않을 거고, 하던 일을 마저할 거라고, 체념에 가까운 부탁을 그에게 했다. 그러자 그가 태연하게 잽을 날렸다.

"…진심이 아닌데 괜찮겠어?"

그는 나에게 교훈을 주려고 한다. 부탁할 때나 감정을 보듬어달라고 할 때는 예의를 지켜야 한다고. 그렇게 공격적으로 짜증만 내서 얻을 수 있는 건 아무것도 없다고. 아이들한테도 우리가 그렇게 가르치고 있지 않느냐고.

"내가 예의를 지켜 말하면?? 똥 안 싸고 머리 말려줄 거야? 아니잖아!! 어차피 안 되는 상황인 거 알면서도 그냥 나는 투정을 부리는 거야. 넌 그냥 미안해라고 말하면 된다고!! 답정너야!!"

라고 소리치는 나에게 그는 침착하게 말했다.

"그럴 수가 없다니까?"

이것이 너무나 전형적인 우리 대화의 패턴이다. 그의 말은 객관적으로나 논리적으로나 틀린 점이 없다. 생리현상이니까 이해해야지. 좋게 말해야지. 알지, 알아. 아마도 이렇게?

"여보, 당신은 내가 당신의 도움이 필요할 때마다 화장실을 가네요. 호호, 다음에는 아이들 씻기는 것 꼭 도와주세요.^^"

이렇게 애교 있게? 돌려서? 내가 왜 이해받으려고 사정사정해야 해? 감정 거지야? 그래봤자 사과는 안 할 거면서. 그래서 차라리 입을 닫게 되었다.

이것이 내가 그에게 느끼는 10년 묵은 감정 케어의 문제이다. 눈치챘겠지만 사실은 감정 케어의 문제가 아니라 감정 존재의 문제일지도 모른다. 왜 나는 이렇게 감정을 느끼는가. 왜 이렇게 화가 나는가. 어떻게 그는 이런 나를 봐도 평온할 수 있는가. 분통은 터지는데 말문이 막힌다. 그뿐이 아니다. 감정은 왜 늘 이성보다 열등하게 느껴지는가. 아… 내가 또 미숙했네. 본전도 못 찾았네. 나는 진짜 왜 이렇게 감정 조절을 못할까… 밀려오는 자책의 쓰리 콤보.

맹세하건대 나는 그저 "어 미안, 혼자서 다 하느라 힘들지? 얼른 나올게"라는 말을 듣고 싶었을 뿐이다. 이렇게 울고불고하며 감정의 밑장을 보이고 싶었던 게 아니다. 하지만 진짜 싸움은 이제부터다. 이제 나는 더 듣고 싶지 않은데 그는 계속 말을 한다. 교훈을 주려는 말, 중요한 순간이 지나간 이후의 말, 그는 설명이라고 하고 나는 변명이라고 하는 말들이 이어진다. 사건을 복기하고 사실 관계를 가리자고 하는 그의 말들이 도대체 나에게 무슨 쓸모가 있을까? 어차피 반복될 것을. 가끔 우리에겐 빈말이 더 쓸모 있을 것이란 나의 생각이, 너무 과장된 걸까?

이제 나는 오열한다. 그냥 좀 (닥치고) 힘들겠다 공감하고, 미안하다 사과하라고 울부짖는다. 바라는 게 이렇게나 명확하고 간단한데, 이렇게 쉬운 행복을 왜 주지 않으려는 것인지 잘 모르겠다고 목메어 운다. 남편은 그런 나를 안쓰러운 눈으로 바라본다. 그리고…

"행복은 외부에서 채워지는 게 아니야. 남의 인정과 사랑이 없다고 해서 불행해져서는 안 돼. 이건 다 자존감 문제야. 자기는 일단 낮은 자존감을 회복해야 해."

나는 이쯤에서 뚜껑이 뻥 열리고 용암이 흘러내린다. 눈과 코로 뜨거운 용암을 철철 흘린다. 역시 당신과는 대화가 안 된다, 나 정말 속이 터질 것 같다고 외치면 그가 마지막으로 말한다.

"자기는 무슨 스님 좋다며, 책도 보고 강연도 보던데 거기에 나오는 말 아니야? 자기계발서랑 심리서도 많이 보잖아. 거기서 하는 말은 그렇게 귀담아들으면서 내가 하는 말은 왜 그렇게 질색해?"

나는 종교가 없지만 이 순간만큼은 간절히 기도한다. 신이시여, 저 입에 음소거 버튼을 눌러주소서. 엉엉 우는 나를 보는 남편의 표정이 복잡하다. 한심해하는 것도 같고 걱정을 하는 것도 같다. 하지만 그는 결코 내가 바라는 대로 움직여주지 않는다.

"미안해, 내가 무조건 미안해, 울지마"라며 날 달래주기를 바라는 건 나의 상상일 뿐이다. 그는 다만 내가 진정하고 다시 말을 할 수 있을 때까지 기다린다. 이런 시베리아 사막을 건조기에 돌린 남자 같으니라고.

남편과의 말다툼은 마치 체급 차이가 많이 나는 상대와의 권투 스파링 같다. 늘 패배가 예정된 싸움, 나만 바닥이 다 보이는 싸움. 하지만 다른 대안을 몰라서 멈출 수도 없는 싸움.

자존감 같은 소리 하고 있네

　　　　　　　　요즘은 어디에서나 자존감 이야
기를 많이 듣는다. 스스로를 사랑하라. 인정하라. 자존감을 높
여라. 자존감은 만병통치약인지, 심리적인 어려움을 이야기하다
보면 기승전 자존감으로 귀결된다. 모든 문제의 핵심이 자존감,
모든 궁극적인 해결책도 자존감. 자존감을 키우라는 요구가 범
람한다.

　전업주부로 살면서 보통은 행복했지만 미루어둔 숙제처럼 수
시로 불안이 찾아왔다. 이 선택이 맞았을까? 뭔가 놓치고 있는
게 아닐까? 내 인생은 이대로 괜찮은 걸까? 그때마다 나는 만족

을 모르는 나 자신에게 문제가 있다고 생각했다. 일상이 평온한데 괜찮지 않을 게 뭐 있어? 내가 현재를 즐기지 못하고 있는 거겠지. 그러면서 생각했다. '나 자존감이 낮은가 봐…'

내가 감정적인 케어를 요구할 때 남편 역시 그렇게 단언했다. 자존감이 높으면 그런 건 필요하지 않다고, 외부로부터 욕구를 채우려 하지 말고 내부에서 자존감을 높이는 연습을 하라고. 아아, 그놈의 자존감, 지겹기도 하다.

솔직히 말하자면 나는 요즘 자존감이라는 말이 굉장히 의심스럽다. 자존감을 이루는 세 가지 요소인 자기효능감, 자기조절감, 자기안정감, 다 알겠다. 난 그런 감정들에서 그럭저럭 괜찮은 거 같은데 왜 이렇게 밑바닥에 있는 기분이 들지? 자존감이 낮으면 자존감을 높이라는데 그게 과연 노력으로 되는 일인지, 자존감이란 게 정말 개인이 조절할 수 있는 내면의 문제가 맞는지 의문스러웠다.

정의에 따르면 자아존중감이란 '자신이 사랑받을 만한 가치가 있는 소중한 존재이고 어떤 성과를 이루어낼 만한 유능한 사람이라고 믿는 마음'이다. 이때 중요한 건 정체성이다. 자아존중감이 있으면 정체성을 제대로 확립할 수 있고, 정체성이 제대로 확립되어 있으면 자아존중감을 가질 수 있다. 그런데 여기서 말하는 '믿는 마음'이라는 게 하늘에서 뚝 떨어지는 게 아니다. 그 점이 중요하다. 거울을 보면서 나는 존귀해, 나는 중요한 사람이야, 나는 나를 사랑해!를 백날 되새겨서 생겨나는 건 아마 '자존감'이 아니라 '망상' 아닐까. 자아존중감은 오직 실제 재능과 능력, 성취에서만 근거할 수 있다. 부당한 칭찬이 아니라 관계 속의 타인에게서 받는 '응당한 존경'에 근거하여 세워지는 것이다. 이쯤에서 나는 나의 정체성에 의문을 품게 된다. 나에게 없는 건 자존감인가 정체성인가. 나는 나를 무엇으로 생각하는가. 응당한 존경이란 무엇이고 그것이 나한테 있긴 한가.

사실 나 같은 전업주부에게 자존감 장착은 쉬운 문제가 아니다. 동료도 경쟁도 평가도 없는 가정이라는 환경에서 주부들이 스스로 자존감을 높이기란 쉽지 않다. 무엇이 잣대가 될 수 있단 말인가? 연봉? 성과급? 고과? 휴가? 이 중 아무것도 없는데. 사람은 오직 관계 속에서만 해석되고 설명된다. 그런데 집사람이 된 나의 사회적 관계망은 가족으로 쪼그라들었고 그 가족들은 주부인 나의 존재를 공기나 수돗물처럼 여기는 듯 보인다. 어쩌면 그것이 전업주부들이 겪는 낮은 자존감 문제의 핵심이 아닌지 모르겠다.

정체성과 자존감은 동전의 앞뒷면이라고 하는데, 생각해보면 전업주부라는 정체성 또한 너무나 모호하다. 나는 대체 누구일까? 집사람, 엄마, 요구를 들어주는 사람, 편리를 도와주는 사람, 종일 자신의 삶을 살아내고 편히 쉬러 돌아오는 가족들을 기다리는 사람. 그게 나의 정체성이라고 사람들은 쉽게 말할지 모른다. 왜냐하면 나는 전업주부이고 그것 외의 다른 직업은 없으니까. 그러나 나는 그게 다가 아니라고 외치고 싶었다. 들어줄 사람은 없지만.

나는 언제나 그 자리에 있다. 이 집 어디에서든 '여보'나 '엄마' 하고 부르면 들리는 자리에 항상 내가 있고 그게 바로 나라는 사람이다. 가족들은 모두 그런 식으로 나를 정의하는데, 정작 나는 내가 이 세상 어느 위치에 있는지 도저히 찾을 수가 없다. 그게 내가 겪고 있는 자존감이자 정체성의 문제인 것 같다. 그놈의 자존감이란 내게 수천만 원짜리 귀걸이만큼이나 사치스러운 것이다. 동시에 미치도록 갖고 싶은 것이기도 하고.

⸸

자존감을 생각하면서 나는 지리 멸렬하게 이어진 남편과의 싸움을 떠올렸다. 또 감정을 빌미로 인정을 받아내려고 안간힘을 쓰는 나를 생각했다. 나의 구멍 난 자존감이 뭐 남편이 인정한다고 채워지는 일도 아니건만 그 인정을 받겠다고 그렇게나 애를 쓰는 나를 생각하면 쓴웃음이 났다. 전업주부의 일상에 대해서 말하자면 늘 지루했다. 물론 매일 할 일이 넘쳐나고 바쁜 동시에도 그랬다. 그게 나의 문제인지, 이 역할의 문제인지는 모르겠으나 집안일이 손에 익은 후로는 매일이 도전할 만한 과제라기보다 그저 일상의 반복과 반복일 뿐이었다.

전업주부로 사는 10년 동안 이전의 나를 이루던 모든 특징들은 서랍 속에서 색이 바래고 희미해졌다. 예전과 비슷한 형태로나마 남은 건 여자로서의 정체성뿐이었다. 내가 여기에 아직 있다는 것을 아는 유일한 사람이 남편이었다. 그가 나를 어른으로, 여자로 인정해줄 때엔 기분이 하늘로 솟았고, 마땅히 대우하지 않으면 분개했다. 생각 끝에 나는 '내 감정 좀 받아달라'는 요구가 사실 '내 자존감을 높여줘'라는 애원이라는 쓸쓸한 결론을 내릴 수 있었다. 안타까운 점은 그 이유를 남편은 모르고 나만 안다는 사실이다. 알려줄까?

"내가 만나는 어른이 당신밖에 없고 일상에 자극도 발전도 없다 보니까 당신의 사소한 모든 말과 행동에 예민해지고 그게 또 상처가 되고 그래." 말해봐? 됐다, 내가 자존감이 없지, 자존심이 없게?

아, 어쩌다 나는 한 사람에게 의존하고 집착하는 여자가 되었나. 겨우 남편의 말 한마디에 울고 웃을 만큼 물렁해진 내가 너무 하찮았다. 구차해도 너무 구차하고 구차한 만큼 아팠다. 내가 인정을 구할 수 있는 유일한 사람인, 남편한테서 듣는 자존감이 낮다는 평가는, 그게 사실이라서 더욱 아팠다.

주부가 평생 직업이 될 수 있을까?

종종 직업란에 뭔가를 적어야 할 때가 있다. 거기에 보통 '주부'라고 쓰는데 그때마다 기분이 묘해진다. 조금 움츠러드는 것도 같다. 주부가 직업이 될 수 있을까?

이 글을 쓰고 있는 지금 나는 주부는 직업이 될 수 없다고 생각한다. 전'업'주부라는 단어가 이미 주부는 직업임을 암시하지만 자본주의 사회에서 돈으로 환산되지 않는 일이 과연 직업이 될 수 있는지 의문이 들기 때문이다. 찜찜한 마음 탓인지, 그저 기분 탓인지 주부라는 직업에 더욱 사명감을 갖고 의미를 부여해야 할 것만 같다. 왜, 이런 경험이 있지 않는가. 어쩌다 못생기고 돈도 없고 성격도 지랄 맞은 사람에게 빠져 사귀었을 때 내 마음이 얼마나 순수한지 나를 속여야 하는 경우. 내가 왜 이런 사람을 만나지? 하는 혼란—인지부조화—을 다스리기 위해 '나는 순수하게 이 사람을 사랑하고 있는 것'이라고 최면을 거는 상황 말이다. 전반적으로 주부와 엄마의 역할을 전담하는 전업주부에게도 이런 억지가 필요한 순간이 있다. 적어도 나는 그렇다. 내가 하는 이 일이 정말 삶의 기초가 되는 고귀하고 중요한 일일까? 자부심을 가지고 보람을 찾을 만한 훌륭한 일일까? 지금은, 잘 모르겠다.

사회에서 엄마는 여자보다 강하다느니 주부는 가정을 책임지는 전문 경영자라느니 그런 말을 잘도 해대는데, 정작 주부들이 집 밖에서 일자리를 찾으려면 전업주부로 일한 시간은 경력으로 안 쳐준다. 그러니까 이건 말이 안 되는 거다. 그렇게 고귀하고 숭고한 일이면 왜 집안일과 육아를 함께하자고 말할 때 남편들은 곤란해할까. 다들 겉으로는 찬양하는 것 같아도 속으로는 이건 아무래도 시답잖은 뒤치다꺼리라고 생각하고 있는 게 분명하다. 그리고 사실이 그렇다. 예를 들어 매일 다른 요리법으로 미학적으로도 영양학적으로도 완벽한 밥상을 차려낸다고 해서 밥하는 일이 창의적이고 과학적인 일이 되는 건 아니다. 창의

적이고 과학적인 요리 활동은 저 밖에서 셰프들이 돈을 받고 하고 있다. 또한 친환경적이고 용도별로 세분화된 세제를 사용해서 빨래를 예술적으로 한다고 해도 전문가로 인정받지 못하는 건 마찬가지다.

미사여구를 사용해 아무리 멋지게 수식해도 집안일의 본질은 기본적인 욕구 해결일 뿐이다. 사랑하는 가족의 편의를 위한 일이니 그 안에서 기쁨도 만족도 행복도 성취감도 물론 종종 느낀다. 게다가 나는 집안일을 꽤 좋아하는 편이다. 하지만 아무리 생각해도 자꾸만 같은 생각이 머릿속을 맴돈다. '대학 교육까지 충분히 받고 사회에서 경력도 있는 여자 어른에게 평생 직업이 되기에 이 일은 충분한가?' 말이야 바른말이지 가사 일이란 게 한 열세 살쯤 되면 누구라도 할 수 있는 일이지 않은가. 물론 그걸 평생 지속하려면 엄청난 인내와 끈기가 필요하긴 하지만…. 의혹은 하나의 질문으로 요약된다. 주부는 직업일까?

이어서 세상을 향한 의심이 솟는다. 혹시, 주부가 직업이라는 인식은 주부들에게 자부심을 주기보다는 진짜 사회에서 통용되는 직업을 갖지 못하게 하는 덫이 아닐까? 가정이란 울타리 안에 옭아매기 위한 덫? 전업주부의 지루한 일에 도대체 누가 미사여구를 달기 시작했지?

아마 전업주부의 노동력으로 편리를 누리는 사람들 그리고 전업주부에게 다양한 살림 도구를 판매해서 이득을 보는 사람들이 아니었을까. 아, 그리고 또 있다. 누구보다도 간절하게 가치 있는 어른으로 성장하고 싶었던 사람. 그런데 지금 직업란에는 주부 말고 적을 게 없는 사람. 바로 나다. 주부라는 직업에 의미 부여를 가장 많이, 가장 필사적으로 한 사람은 나였다.

이전의 이야기에서 남편과의 다툼에 대해 적었다. 사실 나는 남편에게 내 불평을 받아주고 감정을 다독여달라고 할 게 아니라 집안일을 분담하자고 해야 맞았다. 감정적 케어의 문제로 덮으려 했지만, 나의 진짜 불만은 가사와 육아를 전담하는 데서 왔으니 말이다. 그런데 그 말을 할 수 없었다. 왜냐하면 그는 외벌이로 4인 가정을 먹여 살리는 든든하고 능력 있는 가장이고 나는 직장에 다니지 않는 전업주부이기 때문이다. 집 안의 모든 일은 일단 내가 해야 한다고 생각했다. 그게 나의 일이고 책임이라고 생각했다.

나 혼자만의 생각도 아니었다. 나와 남편, 양가 부모님들과 어쩌면 아이들도 공유하는 생각이었다. 식구들이 나를 붙박이 가구 같은 존재로 받아들일 때까지, 나는 가정을 돌보는 모든 일을 도맡아서 했다. 프로페셔널한 주부, 직업으로서의 주부라는 환상을 열심히 좇은 결과였다. 자기파괴적인 책임감이란 게 있다면 이런 걸지도 모른다. 직업이니까, 책임감을 가지고, 징징거리지 않고 최선을 다해야 한다는 생각으로 나는 나를 얼마나 자주 채찍질했던가.

이제 와 생각해보면 주부가 직업이라고 쳐도 그 책임감은 과했다. 그런데도 버텨보고자 쓸데없이 온몸에 힘을 주고 참고 견뎠다. 그렇다고 그게 나만의 집착이었을까? 내 속은 어땠는지 몰라도 밖에서 보는 나는 참한 가정주부였다. 나는 그런 식으로라도 훌륭한 대안적인 직장인, 쓸모 있는 사람이 된 것 같은 기분을 계속 느끼고 싶었던 것 같다.

이상한 일이다. 이 시대에서 '직업이 곧 나'라는 공식은 사라졌는데 주부라는 직업(직업으로 친다면)만은 예전 방식 그대로다. 왜? 주부만은 여전히 한 사람의 온 인생과 시간을 다 바쳐야 하는가. 한 사람의 삶을 통째로 갈아 넣어야만 유지되는 게 가정이라는 직장이라면, 그런 직장은 잘못된 것 아닌가.

한때 유행했던 열정페이라는 말이 있다. 사회 초년생들의 열정을 빌미로 한 저임금 노동을 비꼬는 말이다. 나의 직업도 열정페이와 크게 다르지 않다. 나의 일을 대체하기 위해 가사 도우미를 부르면 시간당 최소 1만 3천 원은 줘야 하는데, 24시간이어지는 나의 노동에는 페이가 없다. 그러면서도 지치지 않는 열정과 행복을 가지라고 눈치를 준다. 페이에 의문이 들거나, 열정이 아닌 감정을 품으면 곧바로 죄책감을 느낀다는 점 역시 비슷하다.

10년간 남다른 사명감을 가지고 주부라는 직업에 투신해본 내가 이제 와 깨달은 게 있다면 아무래도 주부는 직업이 될 수 없다는 사실이다. 진짜 진실은 주부는 직업이 아니라, 주부라는 이름으로, 사랑에 기반을 두는 무보수, 무한대의 봉사활동이다. 나는 그렇게 내가 지금 하고 있는 일을 새롭게 정의하게 되었다. 자발적인 봉사활동임이 밝혀진 마당에, 나에게 사정이 생겨 이 활동을 그만두거나 대폭 축소한다고 해도, 나를 비난할 자격은 누구에게도 없다. 그러니까 나는, 더 이상 전업주부로만 살고 싶지 않다. 열정페이 10년이면 충분하다. 이제는 금전적 보상이 있고 사회적 인정이 있고, 투덜거리거나 욕해도 죄책감을 느끼지 않을 진짜 직업을 하나 가지고 싶다. 전업주부를 그만 졸업할 때가 된 것 같다.

현모양처라는 이상한 꿈

내가 어쩌다가 전업주부가 되었는지에 대해 이야기해보려고 한다. 당시로선 이른 나이에 갑자기 결혼을 하고 이듬해에 또 갑자기 일을 그만두는 나를 보고, 함께 일하던 친구는 그랬다.

"야! 너 방송계에서 제일 유명해질 거라고 했잖아, 결혼했다고 일을 그만둬? 왜 이래? 아직 서른도 안 됐어!"

나는 그때 이렇게 대답했다.

"솔직히 일하는 것보다 지금이 훨씬 행복해. 나 진짜 현모양처가 될 거야. 남편 잘 보필하고 애도 잘 키우고 싶어. 회사는 내

거 아니지만 가정은 완전히 내 거잖아."

친구의 뜨악하던 얼굴이 생각난다. 그날 이후 친구와 연락이 끊겼다. 나 손절당한 걸까….

내 입에서 현모양처라는 말이 나올 줄은, 나도 몰랐다. 내가 자란 시대는 과거와 다른 줄 알았다. 현실은 어떤지 몰라도 겉으로는 모두가 남녀평등이니 알파걸이니 하며 여성의 사회 진출을 반겼으니까 말이다. 여자도 얼마든지 성공할 수 있다, 비록 유리천장이 있어도 끝까지 헤딩해야 한다는 분위기가 있었다. 우리들에게 '취집'은 가장 모욕적인 단어였다. 그런데 내가 어쩌다가….

나도 한때는 그 누구 못지않게 꿈과 야망이 큰 여자였다. 내향적이긴 해도 하고 싶은 일은 저돌적으로 쟁취해내는 사람이었다. 진정으로 원하는 일이 무엇인지 찾아내서 나 자신을 활활 태울 준비가 되어 있었다. 대학시절 내내 쉬지 않고 일하면서 여러 가지 경력을 쌓은 덕에 졸업 전에 본격적으로 방송 일을 시작할 수 있었다. 6mm 카메라로 찍는 MBC 생방송 프로그램의 막내 작가로 시작해 그 이후에는 교양 작가로서 커리어를 쌓았다. SBS 스페셜 다큐 프로그램에서 몇 년, EBS 본사의 교육 상담 생방송과 수능 해설 방송에서 몇 년을 보냈다. 나의 열심력과 운이 잘 맞아서 어딜 가나 내로라하는 사람들과 멋진 작품을 만들 수 있었다. 내 일에 대한 자부심도 컸다. 어릴 때부터 글 쓰는 것을 좋아하고 자신이 있었는데, 직업인으로서 '글밥'을 먹게 되니 그 기쁨은 이루 말할 수가 없었다. 방송 일은 보기보다 돈도 못 벌고 밤샘을 밥 먹듯이 하는 고된 일이었다. 그래도 지금의 고생을 발판으로 언젠가 뭔가 대단한 것이 될 거라는 기대를 품으며 이십 대를 보냈다.

몇 년이 지나자 주위를 둘러볼 여유가 생겼다. 마음이 복잡했다. 선망하던 직업이고 일의 성취감도 컸지만 소위 '결혼 적령기'라 부르는 나이 대에 접어들자 불안해진 것이다. 특히 나를 점점 불안하게 만드는 생각이 있었다.

'어라, 이 업계에는 결혼한 사람이… 없네…?'

지금은 어떤지 모르지만 당시 내가 아는 작가들 중에는 결혼한 사람이 거의 없었다. 결혼했어도 아이는 절대로 가지지 않았다. 그만큼 일을 사랑하는 건가? 하고 물으면 그냥… 여건이 안된다고들 했다. 그녀들의 말줄임표가 허공에 흩어졌다. 결혼하면 이 일을 계속하기 힘들다는 명확한 암시였다. 그러나 '결혼을 못할 것 같아서 고민'이라는 말은 내 입으로 하기가 창피했다. 나는 혼자서 정답을 찾기 위해 애를 썼지만 안타깝게도 다른 답을 찾지 못했다. 결혼과 일로 나뉜 선택지에서 더 나은 제3의 답은 없는 듯했다.

사실대로 고백하자면 나는 선배들처럼 될까 봐 무서웠다. 비혼주의자가 아닌데 결혼하지 못할까 봐 걱정됐다. 사회에서 확고한 자리를 가지면서 결혼하고 아이도 기르는 선배를 수년간 거의 한 명도 사귀지 못했다. 이 업계에서 내가 따라갈 수 있는 롤 모델이 없었다. 그게 너무나 불안했다. 반대로 결혼 후 쥐도 새도 모르게 사라지는 선배들은 있었다. 상황을 보아하니 인생계획에서 당연한 수순인 줄 알았던 '결혼하고 아이도 키우면서 일도 잘하는 나'는 순진한 생각이었음이 자명했다. 내심 노처녀 히스테리를 부린다고 생각했던, 나를 괴롭게 하던 선배의 모습이 바로 나의 미래일까? 생각하니 마뜩지 않았다.

그때의 나는 사회인으로서는 한창 일할 나이이면서도 여자로서는 결혼 적령기였다. 이게 문제가 된다고 생각하니 당혹스러웠다. 여자의 가치는 크리스마스 케이크와 같다는 비인간적인 농담 앞에서 나는 알게 모르게 위축되었다. 좋은 남자를 만나 가정을 꾸릴 시간이 얼마 안 남았다는 저질스러운 협박에 움찔하고 만 것이다.

물론 방송작가의 불안한 고용환경도 이 불안감에 한몫을 더

했다. 방송작가는 프리랜서라고 쓰고 비정규직이라 읽을 정도로 고용이 불안정했고, 부당한 처우가 당연시되는 경우도 있었다. 꿈과 희망이 아니라 현실에 기대어 일을 바라보자 마음이 차갑게 식어갔다. 이 일이 정말 가정을 포기할 만큼 가치 있는 일인가? 내게 그 정도의 재능이 있나? 내가 여기서 계속 이러고 있는 게 맞나? 이런저런 의심이 들자, 어느 순간… 한때는 내 꿈이고 목표였던 일이 조금씩 빛을 잃어갔다. 심지어 때로는 도망쳐야 할 덫처럼 답답하게 느껴졌다.

지금 다시 생각하면 그때의 내가 너무 아쉽다. 만약 과거로 가서 그때의 나를 만날 수 있다면 "반드시 후회할 테니 어떻게든 꼭 버티라"고 말해주고 싶다. 지금 느끼는 감정은 그저 일태기이고, 다 지나갈 테니 깊이 생각하지 말라고. 좋아하는 일이라면 거기서 무조건 버티고 버티라고. 그렇게 쉽게 버려도 되는 꿈은 없다고. 롤 모델 따위는 필요 없고 네가 바로 누군가의 롤 모델이 되면 된다고…. 하지만 그때는 몰랐다. 뭔가 이상하다는 생각, 이게 아니라는 생각에 압도되어 있을 뿐이었다. 알고 보니 현실은 냉정했고, 가정과 일 중 하나를 선택해야 하는 양자택일의 기로에 서 있다는 불안감은 너무나 컸다.

그러다가 (훗날 남편이 될) 남자친구를 만났다. 건전하고 진지

한 그는 나의 이상형에 가까웠다. 무엇보다 열 살 연상인 그는 이미 사회적 성취도 이룬 사람이었다. 산전수전을 겪어 인생 경험이 깊고 자기중심이 뚜렷했다. 이제 막 고민을 시작한 꼬맹이의 눈에는 그가 삶에서 중요한 게 무엇이고 목표가 무엇인지 이미 다 고민해본 어른으로 보였다. 그 단단함이 얼마나 대단해 보이던지. 인생은 타이밍이라던가. 방송가에서 롤 모델을 찾기에 실패하자마자 눈앞에 그가 나타나서 첫 만남에 나의 새로운 롤 모델로 등극했다. 그리고 두 번째 만남에서, 신애라처럼 살고 싶었던 나에게, 그가 차인표처럼 살고 싶다고 말하는 순간, 맙소사, 그는 인생 롤 모델에서 나의 남편으로 내정, 아니 확정되고 말았다.

이제 와서 생각하니 그 순간, 나는 내 삶의 중심을 나 자신에서 그에게로 옮겼던 게 아닐까 싶다. 그는 밖에서, 나는 안에서 2인 1조의 완벽한 팀을 만들기로 했다. 당시에는 결혼이 운명이라 확신했다. 그런데 지금 이렇게 글을 쓰다 보니 거의 확실하게 나의 결혼은 상당 부분 불안과 충동의 발로였다는 생각이 든다.

사랑과 희생은 대가를 원한다

행복했다고 해도 좋을 시절이었다. 좋은 배우자를 만났으니 나 역시 격하게 좋은 배우자가 되고 싶었다. 결혼생활은 소꿉놀이처럼 재미있었다. 결혼 한 달 만에 예상치 못한 아이까지 들어섰다(피임도 했는데 미스터리다). 완전히 새로운 인생이 시작되는 것 같았다. 새로운 인생을 잘 살아내고 싶었다. 이전 삶에서 겪은 혼란과 좌절, 실패를 모두 보상받을 만큼 대단히 멋진 가정을 이루고 싶었다. 일은 자연스럽게 그만두었다. 첫째를 임신 중일 때 입덧이 심했는데, 지하철만 타면 구토가 나서 출근을 할 수 없는 지경이었다. 남편과 양가 어른들은 휴직을 권했다. 잠시 쉬려던 나는 얼마 지나지 않아 일을 완전히 접고 본격적으로 전업주부가 되기로 했다. 그에 대해 별로 아쉬움은 없었다. 결혼과 임신으로 모든 상황이 너무나도 급변했고, 내 앞에 전혀 새롭고 멋진 삶이 펼쳐질 것이라 강하게 믿었기 때문이다. 인생의 목표는 이렇게 급작스럽게 바뀌기도 한다.

나는 요리와 청소와 빨래에 진심이었다. 살림과 육아 책만 셀 수도 없을 만큼 봤다. 마사 스튜어트나 곤도 마리에 같은 사람은 거의 신처럼 보였다. 그녀들은 집을 깨끗하고 예쁘게 가꾸고 요리사 뺨치는 음식을 척척 만들어내고 아이들의 건강과 정서를 챙겼다. 그렇게 엄청난 양의 일을 해치우면서도, 깜짝 놀랄 만큼 즐거워 보였다(지금 생각하면 기괴한 일이다). 결혼한 여자의 이상은 그런 것이고, 당연히 잘 해내야 한다고 말하는 책들을 보면서 나는 살림에의 의지를 다졌다. 목표가 높으면 한동안은 아무 생각 없이 달리게 되는데, 그때의 내가 그랬다. 나는 남편에게 정리를 잘 못한다는 말을 들은 뒤 정리 컨설턴트 자격증까지 따면서 나 자신을 집사람으로 최적화시켰다. 사실 일을 쉬면서 살림에 빠져든 건 자연스러운 일이었다. 스무 살 이후로 일을 쉬어본 적이 없는 내가 일을 그만두자, 남는 에너지를 쓸 곳이 필요했기 때문이다.

'바깥일'과 '집안일'은 결이 달랐다. 장점이라면 집안일은 무엇이든 내 방식과 속도대로 할 수 있는 자유가 있었다. 소작농에서 갑자기 지주가 된 기분이었고, 가정주부가 내 천직이구나 하는 생각이 절로 들었다. 아이가 태어나면서 할 일은 기하급수적으로 늘었고 산후우울증이 왔지만, 남편에게 집안일을 맡긴 적은 없었다. 남편이 집안일에 신경 쓰지 않고 바깥일에 전념하도록 하는 게 현모양처고, 그게 내 사랑의 표현이라고 생각했다. 남편과 사이도 좋았고 아이들도 잘 커갔다. 살림에 익숙해졌고 생활은 안정되어갔다. 모든 게 잘 돌아가는 것 같았다. 유능하고 지혜로운 현모양처가 되어가고 있다고 생각했다. 그때 내가 믿었던 가장 큰 가치는 사랑이었다. 남편에 대한 사랑, 아이에 대한 사랑. 나 자신이나 커리어에 대한 사랑을 압도할 만큼 크고 깊은 사랑을 품었다고 생각했다. 그런데 지금 나는 오래전 방송국에서 도망치며 회피했던 바로 그 두려움을 10년 만에 다시 생생하게 경험하고 있다. '어, 이게 아닌데, 덫에 걸렸다'는 느낌. 그저 유예했을 뿐일까?

아마 코로나19로 나의 상황이 변하지 않았다면 쭉 몰랐을지도 모른다. 아마도 죽는 순간까지.

집안일이나 육아로 숨이 찰 때 보상을 받듯이 해외여행을 가거나 작은 일탈 등을 하면서 이 정도면 행복하다고 되뇌면서 살았을지도 모른다. 코로나19 따위가 없어서 아이들이 등원도 하고 최근에 시작한 내 작은 사업을 키워갈 수 있었다면, 아마 이 모든 것—내 인생의 주인공이 내가 아니고, 남편은 내 편이 아니고, 내 감정은 둘 곳이 없다는 것—을 깊이 생각하지 않고 살았을지도 모른다. 코로나19로 제한된 일상과 불어난 일거리는 많은 사람들에게 그랬듯이 나에게도 '대체 무엇을 위해 이렇게 사는가?'라는 무시무시하고 심각한 질문을 던지고 말았다.

나는 내가 좇던 사랑에 대해서 다시 생각하게 되었다. 사랑하는데 계속 싸우고, 사랑하는데 이렇게 화가 나는 이유가 무엇인지 알려면 생각밖에는 할 게 없었다. 어느 날엔 결혼에 대한 이런 격언을 읽었다. "결혼하면 두 사람은 일심동체가 될 것이다. 둘 중에 누가 될지는 알 수 없지만." 결혼이란 반쪽끼리 만나서 하나가 되는 것이란 말보다 훨씬 현실에 가까운 말이었다. 왜 이

걸 이제 알았나 싶었다. 우리 중에 누가 사라지고 누가 남았는지
는 분명했다. 그게 바로 내가 화가 나는 이유였다. 원래의 내 삶
을 반으로 딱 접어서 치워두고 현모양처가 되려던 나는 사랑의
대가를 바랐다. 가사와 육아를 전담하면서도 즐거웠던 원동력
은 나 역시 그에 합당한 대가를 받으리라는 기대가 있었기 때문
이다. 희생과 배려, 모성 같은 말로 범벅이 된 현모양처라는 환
상 속에 숨겨진 내 노동과, 내가 포기한 시간, 내가 될 수 있었던
나, 나는 이 모든 것에 대한 보상을 원했다. 정확히는 딱 내가 한
만큼 남편도 자신을 버리고 바꾸어서 나를 인정해주고 내 감정
에 공감해주기를 바랐다.

그러나 그것은 나만의 생각이었다. 내가 오랫동안 간과한 것
은, 가족은 서로의 행복을 책임지기 이전에 각자 1인분의 삶을
살아간다는 것이었다. 사랑도 가족도 헌신도 다 좋지만 자기 삶
을 따로 남겨두고 책임져야 한다. 내가 현모양처라는 말로 가족
의 삶에 유난히 헌신한다고 해서 그들 역시 나에게 그러리라고
기대할 수는 없었다. 그들은 내가 거저 주니 받았을 뿐이다. 그
들에게 나의 노력은 대가성이 없는, 당연히 누리는 일상이었다.
최선을 다해 가정을 돌보고 사랑하면 그만큼 충만해지리라 믿
었던 것 또한 내 착각이었다. 스노볼처럼 작고 안락한 가정이라

는 인생의 목표를 이루었지만, 그 안에 내가 없었다.

　이런 신파 같은 결과물 앞에서 다시 생각해야 했다. 나는 이제 무엇이 되어야 할까. 질척거리는 감정을 어떻게 추스르며 살아야 할까. 앞으로도 그저 지금처럼 최대한 눈에 띄지 않게 얌전하게 살아가는 게 최선인가 하는 생각이 들자 숨이 콱 막힐 것 같았다.

거지 같은 기분의 아내 역할 :
이상한 부부 동반 모임

결혼 후 부부 동반 모임에 종종 나가게 되었다. 개인적인 정기 모임이 없었던 나는 그런 모임이 생겼다는 것만으로도 기분이 좋았다. 모임 중에는 남편이 업계 사람들과 갖는 친목 모임이 있었다. 연말마다 가족들을 동반해 여행을 가거나 호텔에서 근사한 저녁을 먹는다고 했다. 남편이 늦게 결혼하면서 나는 모임의 새 멤버이자 마지막 멤버가 된 참이었다.

남편과 친구들을 함께 만난 적은 있지만 부부 동반 모임은 처음이었다. 상상하니 기분이 남달랐다. 어쩐지 더 어른의 모임 같다고 해야 할까? 근사한 호텔, 금융계와 법조계 인사들, 번쩍번쩍한 샹들리에, 값비싼 와인…. 음, 드라마에서 본 상류층의 격식 있는 사교 파티를 나는 잠깐 상상했던 것 같다. (미리 비웃어도 좋다) 연말 모임이니까 조금 화려한 코트를 꺼내 입고 화장도 하고 룰루랄라 집을 나섰다. 기분이 색다르고 좋았다. 그리고 그곳에 도착한 지 10분 내에 알게 되었다. 상상은 자유라지만 내 상상이 너무 과했다는 것을…. 그리고 그 자리가 몹시 불편하다는 것도.

당연하지만 내가 상상했던 그런 파티가 아니었다. 실제로는 비슷한 부분이 1도 없었다. 일터에서 어제도 내일도 볼 사람들이 모여서 밥을 먹는 그야말로 가족 화합의 자리였다. 지극히 현실에 깊이 뿌리를 둔 사교모임이었다.

어린 아기를 동반하는 자리는 늘 분주할 수밖에 없다. 노키즈존이 아니어도 좋은 곳에서의 식사를 지레 포기하게 되는 이유가 다 있다. 온전히 즐길 수 없기 때문이다. 아기란 원래 울거나 보채지 않으면 뭔가를 계속 흘리고 떨어뜨리기 마련이다. 아이 입에 음식을 넣어주다 보면 내 입엔 뭐가 들어가는지 모르게 된다. 똥을 싼 아이를 안고 멀기는 더럽게 먼 호텔 화장실에 가서 기저귀 한 번 갈고 오면 다들 벌써 디저트를 먹고 있는 환상적인 일이 눈앞에 펼쳐져 있다. 이래서는 본전 생각이 나서 도저히 기분 좋게 계산할 수 없다. 아무리 회비로 내는 밥값이라고 해도!

그날 모임도 아이를 챙기느라 바빴던 것은 맞지만 아이 때문에 불편한 것은 아니었다. 오히려 나는 아이가 없었으면 얼마나 더 불편했을까 생각하며 아이 뒤에 숨을 수 있어서 다행이라고 여겼다.

무슨 말이냐면, 나는 이 모임의 일원이 아니었다. 놀랍게도 아이에 대한 인사치레 후에는 아무도 나에게 말을 걸지 않았다. 새로운 사람들과 만나는 자리에서는 으레 관심과 호의를 받을 것이라고 생각했던 나 자신이 부끄러웠다. 나도 모르게 미혼의 젊은 여자일 때 받았던 특혜를 예상했던 것이다. 달라진 나의 위치와 역할을 모르고서. 나는 점차 나를 위한 사교모임에 온 게 아님을 깨달았다. 왜 나에 대해 아무것도 물어보지 않을까? 하는 물음은 순진했다. 나에게 기대되는 역할은 독특한 한 개인으로서가 아니라, 배우자로서의 역할이었다. 마치 지갑 속에 있는 몇 장의 가족 카드 같은 것이었다. 얼굴을 비추고 아이를 보여주고 가족 증명을 했으니 나의 역할은 다했다고 봐도 좋았다. 이제 그냥 앉아 있기만 해도 된다. 그 이상의 주목할 만한 사회적 가치가 나에게 없음을 깨닫는 순간이었다.

남편은 나보다 열 살 연상이다. 연애할 때는 나이 차이를 의식한 적이 없는데 결혼 후에는 이런 식으로 나이 차이를 실감하곤 했다. 남편은 사회생활을 오래 했고 나이보다 빠르게 승진한 사람이었다. 한창 현역으로 일할 나이, 사회에서 인정받고 승승장구하는 남편을 보는 건 자랑스러웠지만 그만큼 나와 격차는 계속 벌어졌다. 연인 사이 10년은 별것 아니어도 사회에서 10년 차이는 훨씬 컸다. 좋게 봐도 대리와 부장 정도의 차이라고 할까? 가끔 나는 나와 남편의 사회적 계급 차이를 짚어보며 씁쓸해했다. 농담처럼 네가 제일 똑똑하게 결혼 잘했다고 말을 던지는 친구를 만나면 더 그랬다. 그만큼 내가 보잘것없다는 말 같아서. 이렇게 성장을 멈추고 싶은 건 아니었는데. 남편에 대한 질투와 열등감 때문에 더 완벽한 주부가 되고 싶단 꿈을 꿨는지도 모르겠다. 대단한 스펙도 집안도 직업도 없는 내가 그와 대등해지기 위해 할 수 있는 일은 누구보다 똑소리 나는 주부가 되는 것이었을 테니까.

귀를 쫑긋하고 이야기를 경청했지만 정말이지 재미가 없었다. 나이로는 10년, 20년, 사회적으로는 그 이상 차이 나는 사람들이 이야기를 주도했다. 듣고는 있지만 모르는 얘기를 아는 척할 수도 없고, 안다고 해도 말을 꺼내기 어려웠다. 남편의 아내가 아니었다면 평생 마주치지도 않았을 사람들과 같이 밥을 먹는 셈이었다. 이 사람들과 나는 정말 겹치는 게 하나도 없군. 이렇게 생각하니 지금의 상황이 신기했다. 나는 모임의 주체인 남자들은 말할 것도 없고, 아내들과도 겹치는 게 없었다. 거기에서 전문직을 가진 지적이고 과묵한 아내들과, 전업주부이면서 뛰어난 사교성과 화술을 가진 노련한 아내들을 보았다. 나는 전업주부이자 과묵한 아내로 두 부류의 약점을 묘하게 섞어놓은, 약점 덩어리로 탄생한 새로운 부류였다.

아이를 낳고 아이하고만 종일 집에서 지낼 때, 어른을 만나서 어른끼리의 이야기를 나누고 싶다고 늘 생각했었다. 하지만 지금 이 모임을 자연스럽게 즐기는 사람들 사이에서 나는 어쩐지 엄마 몰래 놀러 나온 어린애처럼 섞이지 못했다. 화장은 제일 공들여 했고 옷도 제일 차려입었는데도 여기 있는 어른들 중에서 제일 어리고 제일 무능한 사람이 바로 나인 것 같았다. 그 생각이 맞다는 데에 내가 가진 돈 전부라도 걸 수 있을 것 같았다. 어른스러운 모임에 온 것은 좋았지만 자격 미달인 내가 어쩌다 무임승차한 것처럼 어색했다. 남루해지는 내 기분을 도저히 설명할 수 없었다. 이 기분을 말하면 남편은 또 자존감 문제라고 하겠지. 하지만 아니다. 그게 아니다.

아이를 낳았다고 어른으로서의 커리어와 멘탈이 저절로 쌓이는 게 아니었다. 여기에서 나는 어떤 캐릭터가 되어야 하는 걸까. 직장 상사의 철없는 어린 아내? 육아에 치이는 초보 엄마? 아, 이미 그런 캐릭터인 것은 아닐까. 뭐 아무래도 좋았다. 누가 신경이나 쓰나.

적당히 미지근한 분위기 속에서 사람들은 누군가의 제창으로 건배를 했다. 찰랑하며 부딪히는 잔들 사이에서 하필이면 나만 스파클링 워터였다. 딸기가 촘촘히 박힌 디저트에서 열등감과 자격지심과 질투의 맛이 났다. 남들이 마시는 떫은 와인 한 잔이 절실했다. 망할 모유수유 따위는 잊고 싶었다. 집에서 나올 때의 설렘은 흔적도 없이 증발하고 없었다. 빨리 집에 가서 이 거지 같은 기분이 드는 아내 역할을 벗고 싶을 뿐! 수유 시간이 다가오고 있는지 가슴이 불어오고 아팠다.

전업주부, 다시 일할 수 있을까?

경력이 단절된 삼사십 대 전업주부는 무슨 일을 할 수 있을까?

얼마 전 김미경 강사의 강연을 보았다. 청년들을 대상으로 한 강연이었다.

"여자가 결혼 후에도 일을 계속하면, 그 돈은 다 도우미한테 갖다 주고, 내 손에 남는 게 하나도 없는 게 정상이에요. 그래서 여자는 남자보다 오래 일해야 본전을 찾습니다. 적어도 오십 살은 되어야 이제 좀 남아요. 그때까지 버텨야 합니다. 직장에서 떨어져나가 객사하지 말고 거기서 버텨야 하는 겁니다."

그녀의 말이 이제야 처절하게 가슴에 와닿았다. 너무 늦었지만…. 직업적 의미에서 나는 이미 객사했다. 여자가 일하며 산다는 게 세상의 논리, 경제의 논리와는 다른 게 현실일까. 그렇다면 다시 일하려고 할 때마다 늘 마음에 걸리던 '내가 나가서 얼마나 벌 수 있겠나'라는 생각도 고쳐 잡아야 했다.

나는 경력이 완전히 리셋된 상태에서 '재취업'할 수 있는 일을 알아봤다. 전업주부만 했던 여성이 바로 시작할 수 있는 일은 거의 정해져 있었다. 마트 계산, 학습지 교사, 유치원이나 학교 주방 보조, 사무직 보조, 콜센터, 자격증이 있다면 한의원이나 약국 취업… 또는 각종 주부 알바라고 접근해오는 다단계 혹은 다단계 비슷한 일, 알고 보니 다단계인 일. 이게 현실이었다. 여전히 한국의 남녀 임금 격차는 OECD 중 꼴찌인데(World Economic Forum, 2021) 그 이유 중 하나는, 결혼과 출산 후 재취업하는 여성들의 일자리 질이 상대적으로 너무 낮기 때문이다. 출산하며 일을 그만둔 대가가 이렇게 클 줄이야….

'일로는 돈을 버는 게 아니다'라는 마인드를 새롭게 장착했지만 낯가리고 수줍음 많고 사회성이 퇴화된 나로서는 위의 일 중 무엇 하나도 만만치 않아 보였다. 정말 이게 다일까? 주식, 경매, 부동산 같은 재테크에 도전해볼까? 책을 몇 권 사서 읽어보다가 깨닫는다. 퇴화한 건 사회성뿐이 아니구나. 이렇게 현타가 온다. 남편의 아내로 살 때는 '사모님'인 줄 알았는데 재취업을 생각하니 내 사회적 위치와 현실이 선명하게 보였다. 이력서에 쓴 내 이름 석 자가 유례없이 초라했다. 이런 생각을 하다 보면 결국 다시 제자리였다. 체력 때문에, 체면 때문에, 시간 때문에… 온갖 이유들이 생겨났다. 일할 수 없는 이유를 떠올린다는 건, 어떤 친구의 말처럼 '헝그리 정신이 부족해서' '배가 덜 고파서'일지도 모른다. 나 역시 한창 일하던 이십 대에는 이런 우유부단한 나의 모습은 생각해보지 못했다. 물론 경력이 단절될 줄도, 다시 일하기가 이렇게 힘들 줄도 몰랐다. 씁쓸한 일이었다.

이때 떠오르는 기가 막힌 도피처가 하나 있었다. 바로 아이들 교육이었다. 애들 교육을 이유로 좀 더 이 상태를 유지하는 것이다! 사실 아이들 먹이고 재우며 밀착해서 육아할 시기는 지났지만 오후 내내 아이들을 차에 실어 학원에서 학원으로 이동하다 보면 하루가 훅 가버렸다. 나의 24시간을 조각조각 찢어서 아이들 케어와 살림에 착착 끼워 넣는다. 그러면 비는 시간 없이 바지런히 지낼 수 있다. 늘 비슷한 하루하루가 매끄럽게 흘러가고 아이들은 쑥쑥 자란다. 크는 아이들을 보고 있으면 흐뭇해진다. 아이들의 해맑은 얼굴에 나의 불안은 희석된다.

나는 지금 내 시간을 버리는 중이 아니라 아이들에게 투자하는 중이라고 생각하고 싶어진 것이다. 거의 암세포에 모르핀을 투여하는 것이나 다름없는 생각이었다. 그런데 다행인지 불행인지 엄마들 대부분은 아이들이 중학생쯤 되면 그 투자는 성공할 수 없다는 것을 알게 된다고 한다. 모르핀의 수명은 생각보다 짧다. 《엄마의 20년》에서 오소희 작가는 우리 세대의 특징을 이렇게 정의한다. 여성이 사회에 진출하지만 출산과 함께 경력이 단절되는 세대. 그렇다고 아이에게 올인하면 아이가 엄마의 희생에 감사하기보단 부담스러워하는 세대. 여성 역시 자식을 위해 희생하는 것으로는 자존감을 지킬 수 없는 최상위 '자아성취감'을 지닌 세대. 완전히 200퍼센트, 전적으로 공감하는 바이다. 아니 그런데 나는 그걸 왜 지금 깨달은 걸까.

인생은 왜 이렇게도 쓸데없이 긴 것일까. 결혼해서 행복하게 살았습니다~! 하고 이야기가 끝나면 얼마나 깔끔할까. 쥐 죽은 듯이 살면 그런 척할 수 있을까. 그런데 진짜 백 살까지 살기라도 하면 어쩌나. 그런 생각을 하면 나라는 개인의 성장을 의식하지 않을 수 없다. 십 대도 이십 대도 아닌데, 내가 얼마나 성장했는지, 무엇이 될 수 있을지 고민하는 건 정말 멋도 없고 재미도 없고 지치고 고단하고 슬픈 일이다. 그 고민을 지우기 위해 주부들은 친구들과 어울리고 소확행을 찾고 드라마를 몰아보고 취미생활에 열중한다. 그런데 안타깝게도 나는 그것조차 할 수 없다. 친구도 별로 없고 내 성격상 소확행보다 대확행을 좋아하며, 드라마도 취미생활도 10년간 할 만큼 했더니 흥미가 다 사라져버린 것이다. 더 이상 모르핀도 진통제도 약발이 듣지 않는다.

그러니까 답은 이미 정해져 있다. 내 일을 해야 한다. 나란 사람을 보아하니 사십 대이건 오십 대이건 육십 대이건 칠십 대이건 미래엔 언젠가 "아! 일을 했어야 하는데!" 하고 후회할 날이 나를 기다리고 있는 게 뻔하다. 결국 무슨 일이건 뭐라도 하는 게 안 하는 것보단 훨씬 낫다는 결론에 이르게 된다. 가능하면 빨리….

나는 정신줄을 잡아야 했다. 결혼 전에 하던 일도 다시 할 수 없고, 재취업도 못하겠고, 재테크도 못하는 나 같은 전업주부가 할 수 있는 일을 찾기로 했다. 아니 찾아야만 했다.

경단녀의 뜻은 넌 이제 글렀어

나는 나의 자존심을 어느 정도 지키기 위해서 '가정에 충실'했다. 안전하고 아늑한 집에서 살뜰히 정갈하게 살림하는 모습으로 내 가치와 품위를 지키려 했다. 만약 결혼 후에도 계속 일했다면 분명 가정주부에 대한 환상이 있었을 것이다. 아무도 없는 집, 고요한 나만의 공간, 오전에 거실 창으로 들어오는 온화한 햇살, 거기에서 차를 마시며 여유롭게 앉아 있는 나…. 집안일 사이사이에 그런 장면은 분명히 있다. 고백하건대 그런 찰나의 순간을 아름답게 찍어 SNS에 업로드하기도 했다. #여유 #일상 #행복… 이런 해시태그와 함께.

다시 말하자면 주부가 아닌 나를 생각하면 곧장 자존심이 상했다. 나는 나대로 치열하게 살았을 뿐인데 정신을 차려보니 '경단녀' 카테고리에 들어가 있었기 때문이다. 그렇게 분류될 때마다 다시 일하고 싶다는 바람은 멀고도 불가능해 보였다. 엄마와 아내라는 역할이 아니라 하나의 고유한 직업을 가지고 싶다는 꿈은 영영 멀어진 듯했다. 신박한 신조어인 양 굴지만 마음이 위축된 나에게 경단녀라는 말은 '넌 이제 글렀어'라는 말의 줄임말이나 별로 다르게 들리지 않았다.

재취업의 희미하고도 미천한 가능성들을 주워 모으던 시기가 있었다. 지금도 그렇겠지만 그때도 구청이나 여성지원센터에 가면 취업에 필요한 여러 가지 강좌를 들을 수 있었다. 파워포인트, 엑셀, 드론은 왜 있지, 영상 편집, 웹 디자인, 어쩌고저쩌고… 뭔가 많았다. 그렇지만 강좌 신청서나 팸플릿을 들고 있자면 멍해졌다. 완전히 새롭게 시작하는 느낌, 삶을 다시 살아야 하는 느낌, 이미 이십 대 초반에 한 일을 다시 시작해야 한다는 느낌에 아득해졌다. 그건 용기를 잃을 정도가 아니라 정말이지 우주의 초미세먼지가 된 느낌이었다.

한번은 부끄러움을 뭉개고 이렇게 말한 적도 있다.

"제가… 예전에 방송국에서 작가로 일했는데요, 혹시 이 경력을 살려서 공공기관 같은 데서 아이들 책 읽기를 지도한다거나, 아니, 아니, 제가 당장 강의를 하겠다는 건 아니고요. 제가 그 정도 수준인지는 모르니까 그냥, 그런 분들의 보조 같은 글 쓰는 일은 없을까요?"

구구절절 말하는 나에게 선량하게 생긴 담당자는 멍한 표정으로 죄송하지만 그런 자리는 없다고 했다.

여기저기 수업도 많았고, 알아보면 정부 지원도 받을 수 있는 것 같았다. 담당자가 바리스타 교육이 인기가 많다고 했다. 1년 정도 시간을 투자하면 분명 재취업이 가능할지도 몰랐다. 그러니까 경력 단절 여성은 다시 일할 수 있다. 다만 원하던 일이나 안정된 조건의 직장은 아니며 경력은 단절된다. 응? 이게 무슨 의미인지 설명하려면 단절의 의미를 정확히 짚고 넘어가야 한다.

단절이란 1. 유대나 연관 관계를 끊음. 2. 흐름이 연속되지 아니함. 한마디로 진정한 단절은 뎅강, 하고 잘린 삶의 한 단면과 안녕, 하는 거다. 과거의 경력은 이어지지 않는다. 그 점에서 경력 단절은 대단히 정확한 표현이다. 그러니까 이전의 삶에서 한 노력들을 미련 없이 잊을 수 있다면, 조건부의 희망이 거기 강의에 있었다.

그때 대학교 시절의 한 교수님이 생각났다. 둥글둥글한 몸에

웃는 눈을 한, 평소에 인자하고 다정하기로 소문난 중년의 여자 교수님이었다. 나는 교수님과 학교 밖에서 사적인 동호회 활동을 하면서 약간 친한 사이가 됐는데, 그 계기로 그분도 나를 편하게 생각하셨던지 둘만 있을 때 종종 문맥 없이 자기주장을 펼칠 때가 있었다.

"요즘 애들이 취업이 어렵다고 난리인데, 진짜 한심한 일이야. 그거 다 눈이 높아서 그래. 3D니 뭐니… 하여간 조금이라도 어렵고 힘든 일은 안 하려고 하니까. 조금만 눈을 낮추면 당장 들어가서 일할 곳이 얼마나 많은데 '개나 소나' 대학원을 가면 어쩌자는 거야? 다들 하고 싶은 일만 하려고 하니까 그렇게 도피를 하는 거지."

"네? 헛 참, 교수님 뭐라는 거예요. 그게 지금 그 위치에서 교수님이 할 말이에요?"

나는 이렇게 외쳤다. 마음속에서…. 현실의 나는 고개를 끄덕끄덕할 뿐이었다. 대학원을 고려 중이란 얘기를 했던가 안 했던가 생각하며 귀가 뜨거워지는 걸 느꼈다. 그런데 그분은 결혼도 하지 않고 오직 공부만 해서 교수가 된 분이었다. 짐작하건대 여태 알바 같은 것도 안 해보셨을 거다. 그러니 당시의 이십 대를 이해하기란 힘드셨겠지. 더불어 경력 단절이라는 것도 경험해보지 못하셨을 거다. 아… 그때 교수님 면전에서 이렇게 저렇게 요렇게 말하지 못한 게 졸업한 지 십수 년이 지난 지금까지도 못내 아쉽다. 그런데 그 교수님이 지금의 나에게도 소곤대는 것 같다. 할 일이 얼마나 많은데, 고르고 따지고 있어? 배가 불러서 그래, 개나 소나 다 좋아하는 일, 원래 하던 일을 하려고 하면 어쩌자는 거야?

재취업의 가능성에서 별로 좋지 않은 인상을 받고 귀가한 날, 안전하고 익숙한 집에 들어오자 맥이 풀렸다. 역시 집 밖은 위험하군. 다시 무언가 시작해서 견고한 내 자리를 만들기가 보통 일이 아니야. 시간이 너무 많이 지났어. 나보다 훨씬 어린애들이랑 경쟁해야 하는 거니까…. 일을 해도 내 새끼들 신경 쓰여서 불안하고 눈치 보일 게 뻔하지. 여기에 내가 할 일이 얼마나 많아? 청소며 빨래며, 아이들 케어며, 내가 아니면 안 되는 일, 이게 바로 내 자리지. 다시 인스타그램이나 볼까. #일상의행복 #스위트홈….

나는 여우고 세상은 신 포도 같았다. 자꾸만 밉살스럽게 고개를 흔드는 세상에게, 나는 아무렇지도 않은 듯 내 자리에서 콧노래라도 부르면서 보란 듯이 행복하게도 살았다. 그런데 스위트홈도 좋고 다 좋지만, 사실 나는 그 얄미운 세상에서 나로서 인정받고 싶었다. (다들 모르지만 사실은 나에게도 있었던) 내 이름으로 불리고 싶었다. 언젠가 그렇게 살아본 기억을 억지로 지울 수는 없지 않은가! 집 밖은 진짜 신 포도일지 몰라도 인간에게는 단백질만큼 신 포도도 필요하다.

너무 오래 쉬어서 거의 전생처럼 느껴지는 나의 이전 경력을 되살리고 싶다는 건 어쩌면 미련한 생각일지도 모른다. 물론 되살릴 수 있을 만한 일도 아니다. 방송작가라는 경력이 그렇다. 박봉에 24시간 대기조로 살면서 개편이 있는 6개월마다 이번에 잘릴까 안 잘릴까 전전긍긍하던 그 자리도, 공급이 넘쳐나는 관계로 한 번 나오면 돌아가기 어렵다. 진입장벽이 낮은 대신에 한 번 레이스에서 나가면 돌아갈 수 없다. 눈만 높아진 데다 감은 떨어진 아줌마 대신에 취업난에 마음은 절박하고, 봉급은 싸고, 어리고, 열정 가득한, 체력 좋은 후보자들이 넘쳐나기 때문이다.

이전의 경력과 별개로 주부로서 화려하게 다시 숨겨진 재능을 피워내는 여자들을 종종 본다. 그들은 육아 멘토가 되거나 살림 유튜버가 되어서 공동 구매를 진행하고, 행복한 가족 이미지로 SNS에서 인기를 모아 물건을 팔기도 한다. 한편으로는 그런 사람들을 동경한다. 가끔은 '나도 저 사람처럼 새 삶을 살고 싶어!' 하고 열심력을 모아도 본다. 하지만 왜 나의 지난날을 무효로 쳐야 하는지, 가슴은커녕 머리로도 이해하기가 어렵다. 도대체 누가 왜 나를 단절시키는가? 수학적으로 따졌을 때 내 몸 안에서 두 명을 더 끄집어내고 이 정도 키웠으면 사회에 꽤 기여한 거 아닌가? 4인 가정의 소비경제를 담당하고 있는데 시장경제에 정말 아무런 영향력이 없다는 것도, 나의 10년이 절대로 경력이 될 수 없다는 것도 다 너무 이상하다. 이상한 나라의 아줌마다. 답답해서 머리를 쥐어뜯고 있자면, 예전의 그 개나 소나 교수님이 미래에서 온 사람이라는 미친 생각까지 든다. 교수님이 나에게 닥칠 이 상황을 경고하려 한 건 아니었는지.

전업주부가 되기 이전에는 고만고만하게 꾸준히 나 자신을 이끌어오며 티끌 같은 경력을 모아왔다. 나는 그저, 다시 그 티끌을 모으고 싶을 뿐이다. 자연스러운 연속선상에 있는 나만의 이야기를 짓고 싶은 마음일 뿐이다. 굉장히 큰 포부나 욕심인 것 같지 않은데도 그것이 불가능하다는 현실을 받아들이는 데에는 상당한 시간이 걸릴 것만 같다.

엄마가 내게 애나 키우라고 했다:
이상한 죄책감

전업주부라는 위치에 불만을 가질수록 마음에 걸리는 게 있었다. 죄책감의 모습을 한 무엇인가가 나를 꾸짖었다. 오래 가만히 생각해보니 그건, 나의 엄마였다. 주부로 살면서 평생 집안일에 지친 엄마들은 보통 딸에게 "넌 나처럼 살지 마라, 나가서 일해라" 한다던데 나의 엄마는 달랐다. 나가서 일하고 싶다는 나에게 엄마는 늘 말했다.

"에휴… 그거 다 헛되지 뭘 한다고… 그냥 집에서 살림 예쁘게 하고 정원 가꾸고 애들 야무지게 키우면서 살면 얼마나 좋으니… 토끼 같은 애들이 둘이나 있는데…"

때로는 그런 말을 못 들은 척하고, 때로는 대차게 대꾸하면서도 마음 한구석에서는 엄마 말이 맞을지도 모른다고 생각했다. '그러게, 내가 무슨 부귀영화를 보겠다고 내 살림 내 애들한테 힘을 다 쏟아붓지 못하고 방황할까?' 살림을 권하는 건 친정 엄마뿐이 아니었다. 오랫동안 사업을 하셨던 시어머니도 마찬가지였다. 시어머니는 '나는 네가 제일 부럽다, 나는 너처럼 살림만 하면서 살고 싶었다'고 하셨다. 그때마다 몹시 불편하면서도 '그러게, 대단한 무엇이 되지 못할 바에야 집에 있는 게 낫지' 하고 내 상황에 만족하려 했다.

일하러 나가는 여자들에 대한 우리 엄마의 생각을 종합해보면 아래와 같았다.

1. 여자가 일하러 나가는 건 결국 돈 때문이다. (전업주부의 남편이 다른 남편보다 경제적으로 우월하다는 증거다)
2. 여자가 밖에서 일하느라 남편을 잘 못 돌보면 남자가 바람이 난다.
3. 아이들은 엄마가 키워야 잘 자란다. 애가 잘못되면 다 엄마 탓이다.
4. 여자가 바깥일 해봐야 늙으면 다 부질없다.

"근데 엄마, 지금은 집에서 살림하고 애 키우는 여자를 조롱하기도 해. 맘충이라고 벌레나 잉여 인간으로 취급하기도 해."

그러자 엄마는 "뭐? 설마! 일부겠지. 부러워서 하는 말일 거다"라고 일축했다. 나의 엄마는 처녀 때 은행에 다녔는데, 70년대 은행 창구에서 여직원이 했던 일을 생각해보면 과연 직장에 다니면서 큰 성취감을 얻었으리라 짐작되지는 않는다. 그러니 오히려 결혼 전 한시적으로 직장에서 꽃이 되었던 경험보단, 내 살림, 내 식구를 보살피는 일에서 훨씬 큰 성취를 얻었을 것이다. 엄마와 나의 경험이 이리도 다르다 보니 내가 느끼는 상대적 박탈감을 도무지 그녀에게 설명할 길이 없다.

대부분의 딸들처럼 나도 엄마처럼 사는 게 제일 싫었다. 엄마는 늘 집 안의 허드렛일을 하고 음식의 가장 맛없는 부분을 먹는 사람이었으니까. 있었을지도 모를 재능과 에너지를 집에서 단순 반복 노동으로 소진하며 늙어간다니… 인생은 단 한 번뿐인데 너무 허무하잖아. 어떻게 그 작은 울타리 안의 삶으로 만족할 수 있지? 만약 엄마가 주부의 삶을 괴로워했다면 그것 또한 딸로서 힘들었겠지만, 작은 것만 누리면서 만족하는 엄마를 보는 것 또한 분했다. 마치 내 미래를 보는 것처럼 초조했다. 심리학에서 말하는 동일시의 찌꺼기가 남아 있는 걸까? 그래서 자꾸 엄마에게서 내 모습을 찾는 걸까? 타인인 내가 엄마의 삶을 판단하고 평가할 자격이 없다는 걸 알면서도, 엄마를 보고 자란 나는 엄마처럼 사는 삶에 알레르기가 생긴 것 같다. 그래서 지금의 내 모습을 못 견디는 건지도 모른다. 적어도 엄마보단 진화한 삶을 살아야 하는 것 아닌가 스스로를 꾸짖는 것이다.

엄마는 살림을 좋아하는 살림꾼이 아니었다. 그럼에도 최선을 다했다. 내가 아는 한 엄마는 자신이—육체적으로든 정신적으로든—힘들다는 이유로 가족이 저녁밥을 거르게 하거나, 입을 옷이 없게 하거나, 다른 어떤 방식으로라도 우리를 불편하게 한 적이 한 번도 없었다. 가까이에서 본 전업주부는 엄청난 책임감과 인내의 상징이면서 동시에 자기 욕구를 한없이 지연시켜야 하는 존재였다. 나는 두려웠다. 과연 내가 저렇게 될 수 있을까? 되어야 할까? 그런 생각을 하면 외면하고 싶었다.

유년을 떠올리면 낙원 같다. 손 내밀면 필요한 것이 닿던 편안한 삶이었다. 그 편안한 삶이 한 사람의 인생을(바로 나의 엄마!) 통째로 깔고 누워 얻은 것임을 어른이 되어서야 깨닫고 서글펐다. 자식들이 편히 누울 수 있는 부드러운 매트리스가 되는 것은 행복한 일이면서도 가슴 아픈 일이다.

전업주부라는 일에 대해 나는 온통 모순되고 복잡하고 이중적인 마음이 가득하다. 심지어 이상한 두려움도 갖고 있다. 혹시라도 내가 전업주부에서 벗어나 직업인으로 성공하면, 전업주부만이 행복한 삶이라고 믿어온 엄마의 삶을 모욕하거나 배신하는 게 아닐까? 나의 행복 추구가 엄마한테 상처를 주면 어쩌지? 어처구니없는 이상한 생각이다. 어쩌면 내 무의식에는 이런 생각이 똬리를 틀고 있는지도 모른다. '계속 무능하고 순진하게 굴면 최소한 엄마한테는 계속 귀여움을 받을지도 몰라.'

생각해보면 나는 부모로부터 지금 이상의 어떤 것이 되길 기대받은 적이 없다. '시집가서 애 낳고 화목하게 살아라'는 내가 받은 최대치의 기대였다. 그렇다면 지금 나는 이미 완성형에 가까웠다. 내가 이 이상을 꿈꾸고 바란다는 욕망을 비추면 엄마는 내 바람을 거의 회피했다. 내가 되고 싶은 모습을 이야기하면 마치 지난밤 꿈 이야기처럼 흘려듣고는 '그래도 네가 있을 곳은 여기가 아니겠니' 하는 투로 내 자리를 상기시켰다. 딸의 삶에서 자신의 삶과 닮은 점을 확인할 때 기뻐하는 사람이 그녀였다. 결혼 전 방송작가로 치열하게 살 때에는 무심하던 엄마가 이제 드디어 내가 결혼하고 아이 낳고 살기 시작하자 내 모습을 유심히 보기 시작했으니 말이다.

내가 현모양처가 되기 위해 하는 노력은 미처 다 자라지 못한 어린아이의 마음일지도 모른다. 이런 이야기를 남편에게 말했더니 황당하다는 얼굴로 나를 본다. 미안한데 정말 무슨 말인지 전혀 모르겠다고 한다. 하긴 이런 말을 하는 나도 설명하기가 참 어렵다. 엄마가 딸의 성장을 바라지 않을지도 모른다는 생각은 연민의 선을 넘는 불건전한 생각 아닌가. 나는 책에서 공감을 얻었다. 킴 처닌은 《허기진 자아The Hungry Self》에서 딸인 여자는 자기 인생이 반드시 어머니의 인생을 반영하게 될 것임을 깨닫게 된다고 지적했다. 그리고 이렇게 썼다.

"성년이 되고 세상으로 들어서면서 갑자기 딸은 어머니의 부러움과 질시를 불러일으킬 위험에 처하는데, 그보다 더 나쁘고 고통스럽고 생각하기도 심란한 점은 이제 딸이 자기 어머니에게 어머니 자신의 실패와 결핍을 상기시키는 위치에 자리하게 되었다는 것이다."

나는 이게 무슨 뜻인지 완전히 이해한다. 나는 나만의 욕망을 채우는 그 노력이 두렵다! 나는 엄마가 지나온 세상과 다른 환경에 살고 있다. 그럼에도 엄마의 실패와 엄마의 포기, 엄마의 희생에 민감한 이유가 무엇인지 궁금했다. 왜 그 시대가 끝나지 않고 나에게까지 영향을 주는 걸까? 고민 끝에 이에 대한 부분적인 답을 발견했다. 이전 세대의 여성들—엄마와 시어머니—과

나는 시대를 초월해 공감하는 하나의 전제가 있었다. 그건 바로 그때나 지금이나, 결혼하고 아이를 낳은 여자가 집에 있지 않고 일한다는 건 어른으로서의 자연스러운 행위라기보다는 성별로 이미 의무화된 역할을 쪼개거나, 미뤄두거나, 거부하면서 얻어 내는 힘겨운 과업이라는 것이다.

결혼은 여자의 삶을 뒤흔든다. 출산과 육아, 경력 단절과 재취업 또는 전업주부로 살기… 어떤 형태이든 여성들의 삶은 제각각 복잡하고 혼란스러우며 예측하기 힘들어 보인다. 나와 주변 여성들을 관찰하면서, 그리고 여성들이 쓴 글 속에서 그 단서를 쉽게 찾을 수 있었다. 전업주부라서, 전업주부가 아니라서, 워킹맘이라서, 워킹맘이 아니라서. 모든 게 죄책감의 재료가 될 수 있었다. 우리는 어디서 무엇이 되건 누군가를 실망시킬 것 같은 두려움을 느낀다. 그런 식으로 여성들은 연결되어 있는 것 같다. 너무 많은 죄책감의 소재들을 마주칠 때마다, 나는 전업주부라는 표식 안에 든 이중적이고 혼탁한 의미들을 모두 꺼내 한낮의 적나라한 햇볕 아래에 탈탈 털어 바짝 말리고 싶었다. 엄마와, 엄마의 엄마로부터 이어져 내려온 너무 많은 정보가 나를 이토록 혼란스럽게 만들었음을 이제 나는 안다.

나는 딸에게 나의 고민과 죄책감을 되물림하고 싶지 않다. 절대로. 이렇게 부메랑처럼 돌아오는 의문이나 죄책감을 붙잡고 오랜 시간 싸우느라 진이 빠지게 하고 싶지 않다. 남에게 변명하고 자신을 설득하는 그 지겨운 시간들을 아껴서, 우리 다음의 딸들은 더 멀리 더 높이 더 빠르게 날아갔으면 좋겠다. 뒤돌아보지 말고. 부디, 그랬으면 좋겠다.

결국 창업만이 답일까?

전업주부가 시작할 수 있는 일이 있을까?

이는 언제나 나를 사로잡는 화두지만 전업주부를 졸업하기로 결심하고 나서는 더 중요한 문제가 되었다. 전업주부를 졸업한다는 것은 정신적으로도, 경제적으로도 독립할 수 있어야 가능하기 때문이다. 그러려면 일을 해야 했다. 아무 일이 아닌 경제적으로도 의미 있고 정신적으로도 생산적인 일이어야 했다. 그리고 현실적인 나의 조건들—시간은 제한적이고 체력은 바닥이고 큰돈은 없다—에 맞아야만 했다.

그래서 취업, 재테크, 공부는 하나씩 제외되었고 결국 창업만이 남았다. 딱히 아하! 하는 발견은 아니었다. 왜냐하면 생각해 보니 나는 이미 사업자등록증이 있기 때문이었다. 구멍가게이지만 사업이란 것을 해본 경험이 있는 상태였다.

당시에는 '그저 심심해서'라는 이유를 댔지만 아무리 전업주부라도 아이들 키우는 일상이 심심했을 리 없다. 나는 언제나 결핍을 느껴왔고 무의식적으로 계속 애를 써왔던 것이 아닌가 싶다. 이왕 사업자등록증이 있으니 사부작사부작하던 일에 체계와 계획을 촘촘히 세우기로 했다. 경제적 자립이라는 거창한 목표를 그렇게 시작하면 될 것 같았다.

현모양처가 되고 싶던 새댁 시절, 나는 취미 삼아 허브 식초와 과일청을 만들었다. 블로그에도 올리며 선물도 많이 했고, 점차 내가 만든 과일청을 사고 싶다는 사람들도 생기기 시작했다. 마음 맞는 친구와 부정기적으로 글을 올려 자몽청과 레몬청을 팔았는데, 나름대로 장사가 잘됐다. 친구와 함께하는 것도 좋았고, 육아와 다르게 눈에 보이는 결과물이 바로 나오는 것도 즐거웠다. 산후우울증에서 벗어날 수 있었던 건 모두 그 덕분이었다. 그런데 온라인 판매를 제대로 한번 해볼까 하던 차에 불미스러운 일이 생겼다. 누군가 우리를 신고한 것이다. 경찰서에 가서 들으니 식품은 집에서 만들어 판매할 수 없고 사업장이 있어야 한다고 했다. "그럼 지역 카페에서 아줌마들이 반찬 나눔하고 소소하게 판매하는 것은요?" 하고 물으니 그것도 전부 불법이라고 했다. 사업이라기보다는 취미라고 생각한 일이었는데 신고를 당하고 나니 덜컥 겁이 났다. 하지만 누군가가 우리를 주시하고 자료까지 애써 모아 신고까지 한 걸 보면 그만큼 우리가 경쟁력이 있다는 방증 같았다. 그도 그럴 것이 우리는 최고의 재료를 아낌없이 사용했고, 맛도 진짜 끝내줬다. 순진하던 그 시절, 경찰서에서 눈물 바람을 한바탕하고 기소유예로 소동이 끝난 후 나는 바로 사업자 등록을 했다.

한동안 조용히 지내다가 캔들에 꽂혔다. 파라핀보다 좋다는 소이캔들이 나왔는데 가격이 비쌌다. 손으로 하는 것은 다 좋아하는 편이라 직접 야금야금 만들어서 쓰다 보니 또 주변에서 팔라는 사람들이 생겨났다. 그래서 방산시장을 다니면서 재료들을 공수하고 되는대로 만들어 팔기 시작했다. 동네 마켓이나 블로그를 통해 캔들을 팔았는데, 정말 재미있었다. 단순하고 명확한 작업이 마음에 가져다주는 위안이 있었다. 그러던 중 둘째가 생겼다. 입덧이 첫째 때보다 심했다. 특히, 왁스나 오일 냄새를 맡으면 토하기 일쑤였다. 첫째 임신하고는 방송 일을 그만두더니… 둘째를 임신하고서는 캔들 사업을 정리해야 했다.

두 아이들을 키우며 정신없이 살다가, 이번에는 스마트스토어에서 은 주얼리를 팔기 시작했다. 뭐라도 하고 싶은데, 소매업 사업자등록증은 있으니까 재고 관리를 집에서 할 수 있는 작은 상품을 팔면 좋을 것 같았다. 생각 끝에 주얼리가 떠올랐다. 생각과 행동 사이가 짧은 나는 결심이 선 지 하루 만에 은 제품을 팔면서 공부해서 나중에는 금 주얼리를 취급하겠다는 큰 포부를 세웠다.

그동안 늘 나의 사업을 자잘한 취미생활로 치부하던 남편이 이번엔 웬일인지 응원해주었다. 남편도 회사 다니는 게 지쳤나…. 사진 잘 나오라고 조명기구도 사줬다. 그날부터 물건 떼어오고 사진 찍어 올리고 상세페이지 쓰는 일을 혼자서 다 했다. 아이 등굣길에 같이 나가서 시장에 갔다가 하교 전에 헐떡거리며 돌아왔다. 재미있어서 힘든 줄도 몰랐다. 그런데 스마트스토어에 판매를 시작한 지 두 달도 채 되지 않아서 코로나19 바이러스가 돌기 시작했다. 감염병이 돌자 정말 대책이 없었다. 작은 사업 한다고 돌아다니다가 애들한테 바이러스라도 옮기면 어쩌나. 그 걱정으로 사업을 겨우 유지만 하다가 학교가 전면 온라인 수업으로 전환되던 시점부터 사실상 폐업 상태가 되었다.

화려한 성공 스토리가 아닌 실패 스토리를 구구절절 적어본 이유는, 이게 현실적인 전업주부의 창업 이야기라고 생각하기 때문이다. 누구나 좋은 아이디어나 관심이 있다고 해서 바로 마켓컬리 같은 멋진 창업을 할 수 있는 건 아니다. 창업이 실패하는 이유는 다양할 것이다. 시장 분석을 잘못해서, 자금이 부족해서, 경쟁사의 압력 때문에… 거기에는 여자로서 겪는 현실도 가세한다. 나는 몇 번의 창업을 통해 내가 사는 세상이 남자들의 세계와는 전혀 다르게 돌아간다는 것을 경험으로 알게 되었다. 입덧이나 육아 같은 변수는 생각하지 않아도 되고, 일보다 우선시되는 돌봄이 없으며, 감염병이 돌아 학교가 쉬어도 출근하는 남자들의 세계는 내가 사는 세계와 다르다. 그러나 그 모든 불리한 조건에도 불구하고 나는 뭔가를 해내고 싶었다. 내 이름 석 자로 사람들을 만나고 싶었고 경제적으로 가치 있는 일을 하고 싶었다. 남편이 가져다주는 돈 말고, 생활비를 아껴 모으는 돈 말고, 내가 번 돈을 원했다. '내가 번 돈'이 나에게 가져다줄 수 있는 건 단지 경제적인 여유뿐이 아닐 게 분명했다.

나는 사업자등록증의 번호로 설명되는 내가 좋았고, 일하는 내가 정말 좋았다. 남들이 보기엔 시시한 일일지 몰라도 나는 그 안에서 사명감과 성취감, 호기심과 유능감을 느꼈다. 엄마나 아내가 아닌 내 이름으로 물건을 사고 택배를 발송하는 것조차 좋았다. 아마 전업주부가 아닌 사람이 이런 마음을 완전히 이해하기란 어려울 것이다. 일을 한다는 게 누군가에겐 당연한 일일 수도, 또는 지겨운 일상일 수도 있지만, 나 같은 사람에게는 의미가 다르다는 걸….

여러 가지 기대를 하면서 다시 일하는 삶을 꿈꾸지만, 일하는 아내, 일하는 엄마가 되면 눈물겨운 상황들을 감수해야 한다는 것은 알고 있다. 워킹맘이라는 이름으로 불리는 슬픈 슈퍼우먼들을 나는 많이 알고 있다. 또한 일하는 엄마는 아이에게 상처를 주고, 남편과 불화할 것이라는, 친절하기도 한 협박은 지금도 충분히 듣고 있다. 수시로 원망받고 뒤집어질 일상이 지레 겁나기도 한다. 하지만 내 입장에서 그보다 두려운 건, 예전처럼 현 모양처럼 허울 속에서 남편에게 감정적 보상을 구걸하며 혼자 울고 웃으면서 고립되는 일이다. 어째선지 아직도 인생은 반도 더 남은 모양이니 말이다.

이 글을 쓰는 시점에서 앞으로 무슨 일을 할 수 있을지, 무엇으로 돈을 벌 수 있을지는 확실히 말하기가 어렵다. 다만 취미가 일이 되어온 경험들을 찬찬히 돌아보면서, 창업의 실마리를 잡아보기 시작했다. 어쩌면 나에겐 창업이 답일 수도 있으니까.

개와 고양이의 시간 :
모두가 두려워하는 주부의 우울증

하루키는 매일 20매의 원고를 아주 담담하게 쓴다. 아침 일찍 일어나 커피를 내리고 네 시간이나 다섯 시간 책상을 마주하는 하루키의 모습에 내 하루를 겹쳐 본다. 하루키와 나는 닮았고 또 다르다. 하루키가 하루에 20매씩 담담하게 원고를 쓰는 동안 나 역시 담담하게 아일랜드 식탁을 치우고 밥을 짓는다. 반년이 지난 하루키에게는 3600매의 원고 뭉치가 남고 내게는 여전히 커다란 아일랜드 식탁이 놓인 주방이 있다.

라문숙, 《전업주부입니다만》 중에서

주부들이 쓴, 주부에 대한 책을 읽다 보면 내가 쓴 글인가? 생각할 만큼 나의 마음을 정확히 묘사하는 글귀를 만날 때가 있다. 그녀들이 나와 거의 같은 삶을 살고 있다는 것을 글을 읽으면서 확인한다.

코로나로 바깥 활동이 줄어들면서 나는 한동안 활자 중독이 아니냐고 남편이 걱정할 만큼 책에 몰두했다. 책 속에서 나와 닮은 사람을 찾아내야만 내가 느끼는 감정들을 이해할 수 있을 것만 같아서 강박적으로 책 속으로 숨어들었다. 이 세상에는 집안에서 반복되는 일상에 대한, 고립감과 두려움에 관한 글이 넘치도록 많았다. 그걸 확인하고 나면 다소 위안이 되었다. 아이 둘을 낳은 뒤, 자신이 원했던 글 쓰는 삶에서 점차 이탈하던 실비아 플라스는 "분노에 목구멍이 메고, 온몸에 독소가 퍼져 나간다"라고 썼다. 나혜석은 아기를 두고 "자식은 모체의 살점을 떼어 가는 악마다"라고 썼다. 너무 솔직해서 비밀스럽기까지 한 마음의 표현들을 발견하면 잠시나마, 나의 가라앉은 마음과 파도처럼 일렁이는 분노가 조금 다독여지는 것 같았다. 나만 그런 게 아니라는 안심이었다.

이제 와 생각해보니 그때 나는 우울증을 앓고 있었다. 하지만 수년 전 산후우울을 겪었을 때와는 결이 아주 달랐다. 그때는 '망했다'는 느낌의 적극적인 우울이었다면 이번 우울은 망할 것도 흥할 것도 없다는 잔잔한 일상 같은 병중이었다. 그때처럼 아무 때나 눈물이 주책맞게 흐르고 해가 지면 도망치듯이 잠에 빠져들긴 했지만, 그 밖의 일상은 놀랍도록 잔잔했다. 그즈음 나는 기계처럼 정해진 일상을 성실하게 살면서 마음 깊은 곳에서는 어떤 사고가 나를 덮치기를 바랐다. 아이 둘의 엄마로서 차마 '죽고 싶다'는 말은 내뱉을 수 없었지만, 그저 어느 날 불의의 사고로 내가 사라지는 생각과 상상이 수시로, 반복적으로 떠올랐다. 그런 생각 또한 자살사고이며 우울증의 전형적인 증상이라는 것을 책을 보고 알았다.

그런데 주부 우울증에 대해 찾다 보니, 많은 연구에서 주부 우울이 주부 피로로 바뀌어 불린다는 것을 알게 되었다. 우울이 어떻게 피로와 같을 수가 있을까. 피로는 과로로 지친 상태를 의미하지 않는가? 희한한 일이었다. 말 그대로 대부분의 사람들은 주부가 힘든 건 집안일이 너무 많아서라고 생각하는 것 같았다. 집 밖의 사람들은 집안일의 자질구레함, 산만함, 모래성 쌓기 같은 허무함까지만 이해할 수 있는 듯했다. 논문에서는 사람을 지치고 피곤하게 하는 집안일의 구조적인 문제에는 공감하지만, 집안일 뒤에 있는 정작 제일 민감한 부분은 결코 건드리지 않았다. 다소 우스꽝스러운 논문 몇 편을 읽고 나니 인간의 한 가지 보편적 심리를 이해하게 되었다.

'주부가 우울하다는 것만큼 사람들을 우울하게 하는 것도 없는 거로군.'

그도 그럴 것이 사람들은 오랫동안 주부는 곧 집이라는 생각을 가져왔다. 집은 우울해서는 안 된다. 감히 우울해하는 집은 괘씸하다. 가족이 돌아갈 곳인 집에 대한 환상은 시대를 초월해서 항상 있었다. 그래서인지 기쁘고 즐거운 집이 아닌 집에 대해서는 다들 생각하거나 논의하고 싶지도 않은 모양이다. 이 점은 내가 가족들에게 느끼는 이질감과도 비슷했다.

내 마음이 전쟁터처럼 시끄럽고 잔인했던 때가 있었다. 하지만 마치 아무런 문제도 없는 것처럼, 나 하나만 참고 조용히 있으면 가정은 더없이 평화로웠다. 그야말로 홈, 스위트 홈이었다. 나는 나만 아는 이 온도 차이를 자조 섞인 마음으로 관망하곤 했다. 내 눈에 이런 가정의 평화는 언제 깨질지 모르는 강의 살얼음과도 같았다. 가족들이 집에서 매일 당연히 누리는 돌봄과 휴식을 나까지 원하면 가정의 평화는 너무나 쉽게 깨어질 것을 알았다. 나는 곧 집이었고, 가족들에게 집이란 밖에서 돌아와 편하게 쉴 수 있는 공간일 뿐이었다. 나는 마치 동네의 골칫거리

싸움닭 꼬마가 된 느낌이었다. 얇고 매끄러운 살얼음이 낀 평화로운 강을 바라보며 생각했다. 돌을 던질 것인가, 말 것인가. 그런 생각과 함께 따뜻한 밥과 깨끗한 이부자리와 반짝이는 세면대와 개어놓은 새 옷을 준비하곤 했다.

하루는 동네 미용실에서 등 뒤로 어떤 이의 이야기를 들었다.

"친정이 일본이거든요. 근데 엄마가 아프세요. 코로나19 때문에 오랫동안 못 가다가 이번에 큰맘 먹고 갔어요. 한국에서, 일본에서 자가격리하고, 친정에서 일주일 지내다 보니까 총 5주 동안 한국 집에서 나와 있었던 거예요. 나는 그동안 남편이며 아이들이며 어떡하나 얼마나 걱정을 했게요? 5주면 너무 길잖아요. 그런데 돌아와서 보니까 다들 아무 일도 없었대요. 나 없어도 너무너무 편하게 잘 지내고 있었더라고요."

그이의 목소리를 들으면서 나는 집의 숙명을 생각했다. 집의 숙명은 빈 공간일지도 모른다. 그 안을 따뜻하게 데우고 꾸미는 것은 옵션이지만, 본질적으로 집은 사람을 담기 위해서 비어 있는, 외부와 단절된 공간인 것이다. 전업주부로 사는 나의 시간 또한 그럴 것 같았다. 아직은 아이들이 어려 매일 빨래를 해야 하고 뒤돌아서기 무섭게 치울 것들이 생기고 세끼 밥을 하는 일상을 보내고 있지만 머지않아 나의 시간은 텅 비게 될 것이다. 그리고 복작대던 그때가 차라리 좋았다고 말하는 내가 거기에 있을 것이다. 여전히 매일 큰 아일랜드 식탁을 닦으며….

어디에서나 이런 충고를 한다. 현재에 충실하고 오늘을 살며, 지금을 즐기라고. 하지만 나의 시선은 자꾸만 먼 곳을 향한다. 10년 후에도 20년 후에도 집과 동일시될 나를, 여전히 아무도 아닌 채로 아일랜드 식탁에 서 있을 나를 생각하면 숨이 콱 막힌다.

염소는 과거와 미래와 결부한 현재를 15분 정도 인식하며, 개의 시간 인식은 30분 정도라고 한다. 그리고 인간의 인식은… 무한하다. 인간은 세상과 별개로 자신만의 미래를 계획하고 그것에 기대어 현재를 판단할 수 있다. 이는 분명히 인간만이 지닌 능력이다. 아이러니한 건 바로 그 능력 때문에 인간의 행복감은 짐승만도 못하다. 현재만을 살며, 사회에 책임을 갖지 않고, 자신의 가능성을 깨닫지 못하는 저 개나 고양이는, 분명히 인간보다 행복해 보인다. 그것이 세상이 허락한 '주부의 행복'인가 싶다. 만약 현재를 살아서 정말로 행복해질 수 있다면, 나는 기꺼이 미래를 보고 싶지 않았다. 이 모든 것에 대한 관심을 끌 수 있는 전원 버튼이 있어서 개와 고양이처럼 될 수 있다면 그렇게 되어도 좋았다.

내가 진심으로 개와 고양이를 부러워한다는 것을 깨달은 날, 나는 전화기를 들었다. 정신과 상담을 받아보기로 했다. 아무한테나 아무 말이나 마구 해버리고 싶은 마음이었고, 약이라도 받아서 먹으면 낫겠지 싶었다.

2부

**그동안
잃어버린 것들을
찾고 싶었다**

선생님은 더 이야기를 해보라고만 했다

　　　　　　　　　　　자신이 겪는 심리 문제를 이야기
하는 게 이 시대에 더 이상 금기는 아니다. 나 역시 당시에는 지
쳐서 못 했을 뿐, 시간이 지난 후엔 상담받은 이야기를 주변에
아무렇지도 않게 했다. 그때 적지 않은 사람들이 '나도'라고 말
해주었고, 정말 많은 사람들이 내과에 가듯이 상담실을 다닌다
는 걸 실감했다. 관련 정보도 넘쳐나서 심리 상담이란 게 어떤
것이고 어떻게 좋은지 쓰는 것도 식상한 느낌이다. 하지만 여전
히 누군가는 그렇게 물었다. 모르는 사람에게 내 이야기를 얼마
나 털어놓을 수 있냐고. 또 그런다고 얼마나 해결이 되냐고. 그

러니까 왜 가는 거냐고.

　왜 갈까. 뭐 하러 갔나. 나는 비관적인 생각을 혼자 힘으로 멈추기 힘든 시점에 처음 병원에 갔다. 오래전이지만 심리학을 전공했던 나는 상담에 대한 거부감도 환상도 없고 약물의 적절한 사용에도 긍정적인 편이었다. 의사 선생님을 보자마자 증상을 고하고 다짜고짜 약을 처방해달라고 했는데 선생님은 우선 이야기를 하자고 하셨다. 약을 받으러 갔다가 나중에는 이야기를 하러 갔다. 줄거리가 있는 이야기라기보단 두서없는 말에 가까웠지만.

　　　　　　　　　　　처음 만나는 사람한테 상담을 받기 위해서는 내가 마주한 상황을 자세히 털어놓아야 한다. 자기소개 하듯이 나 자신에 대해서, 문제에 얽혀 있는 사람들에 대해서 깊이 설명해야 한다. 그러다 보면 지금의 나를 만든 원가족과 주변 사람들에 대한 이야기도 딸려 나온다. 나는 말을 하면서 놀랐다. 내 안에 나 자신과 주변 사람들에 대해 이토록 생각이 많은 줄 몰랐다. 그동안 속 얘기 꾹 다물고 살던 입에서 할 말이 끝없이 흘러나왔다. 뱉어놓은 말들이 쌓일수록 나는 확장되는 듯했다. 아마 이게 말의 힘이 아닌가 싶었다.

살면서 흐릿하게 희로애락을 느끼고는 있었지만 명확히 설명된 적 없고 이해된 적 없었다. 납작하게 접혀 있던 내가 부피와 질감을 가지고 부풀어 오르는 건 다 말을 한 덕분이었다. 상담실에서 나는 사람에겐 언어가 있고 말을 한다는 것만으로 놀라운 경험을 할 수 있다는 것을 깨달았다. 의사가 점쟁이는 아니니까 무릎을 치는 해결책을 주지는 않지만, 말을 하다 보면 자연스럽게 질문에 대한 답을 듣게 됐다. 나 자신의 입으로 나에게 대답을 해주고 마는 것이다.

그까짓 것 혼자 하고 말지 싶을지 몰라도 말은 상대가 있어야 말이 된다. 말 시키는 사람이 없으면 말할 일이 없는 게 말 아닌가. 나는 상담에서 말하기 다음으로는 약속이 있다는 게 좋았다. 정해진 시간에, 정해진 장소에서, 누군가가 나를 기다리고 있다는 사실이 못 견디게 좋았다. 무슨 이야기든지 해도 된다는 것도 당연히 좋았다. 내가 어떻게 보일까를 고민하고, 해야 할 말과 하지 말아야 할 말을 머릿속으로 바쁘게 구분할 필요가 없으니 좋았다. 이런 말을 해도 될까, 소문이 나면 어쩌지, 괜히 내가 힘든 이야기를 해서 상대에게 부담을 주면 어쩌지, 나를 나약하고 한심한 어린애로 생각하면 어쩌지. 이러저러한 필터를 거치지 않고 하고 싶은 말을 쏟아낼 수 있는 곳이 바로 상담실 의자 위였다. "내 인생은 겨우 이건가 하는 생각이 들어요"라고 말했을 때 놀라지도 걱정하지도 비웃지도 훈계하지도 않고 "그렇군요"라고 말해주는 사람이 있다는 게 얼마나 감미로운지 몰랐다. 그것도 사람이, 어른이! 배울 만큼 배운 지적인 의사 선생님이 그렇게 말해준다는 게! 그게 내 일상을 통틀어 얼마나 예외적이고 환상적인 일인지 더 설명하지 않아도 될 것이다…. 나는 이걸 위해서 왕복 두 시간이나 지하철을 타고 정해진 시간에 정해진 의자에 앉는 것이었다. 타인의 어설픈 호의와 동정에 기대는 것이 아닌 시간에 대한 대가를 돈으로 지불한다는 점 또한 마음이 편안해지고 좋았다.

하고 싶지만 할 수 없는 말들이 마음에 쌓이면서 시작한 일이 몇 가지 있다. 그중 하나가 이른 새벽이나 늦은 밤에 일어나서 노트북을 열고 글을 쓰는 것이다. 글은 마음에서 머리를 거치지 않고 바로 손가락으로 연결되어 나오는, 거의 배설물에 가까웠다. 고상하게 글을 쓴다고 하기엔 부끄러운 글이었다. 왜 그런 글을 쓰느냐? 라고 물으면, 낮 동안 고개를 흔들어 없애기 바빴던 나쁜 생각들을 글로 남기고 싶어서 그랬다. 그런 것들을 빼고 보기 좋은 것들만 남기자면 도무지 내가 아닌 나만 남았고 이게 다인 가? 싶은 허무함이 들었다. 그 감정이 지겨워서 글을 썼다.

선생님과 마주 앉아서 내 이야기를 하는 것은 글쓰기와 비슷했다. 선생님이라는 존재는 마치 안개와 같았다. 그는 거기에 있지만 동시에 없는 사람으로, 공간 안에는 오로지 나와 내 이야기만 있었다. 그럼에도 그가 거기에 있어서 순서도 없이 퍼질러지는 내 서사 속에 조심스레 던져주는 말들이 귀했다. 그 말들을 이어 나는 구명보트를 만들어 탔다. 그렇게 안개 속을 빠져나와 내가 서 있는 풍경을 제대로 봤다. 마음에 들지 않아 쫓아냈던 말들을 풀어 모자이크처럼 맞추면 내 모습이 보였다. 마음에 쏙 들지는 않지만.

상담 시간에 나는 주로 우리 부부 이야기를 많이 했다. 그때는 이 문제의 핵심이 남편과의 관계라고 생각했기 때문이다. 내가 전업주부가 되어 경력이 단절되고 존재감 없는 사람이 된 것도 남편 탓, 욕구불만과 애정결핍에 시달리는 것도 남편 탓인 것 같았다. 그래서 선생님에게 자꾸만 물었다. 이게 다 남편이 저에게 뭔가를 덜 주기 때문이 아닌가요? 내가 아니라 남편이 이상하다고 주장하고 싶은 나에게 선생님은 그저 더 이야기를 해보라고만 했다. 그래서 또 말했다. 남편에게 얼마나 서운한지, 전업주부로 사는 게 얼마나 억울한지, 얼마나 나 자신에게 화가 나는지…. 상담실 안에서 정말로 많은 말들을 쏟아냈다. 말이 말을 낳고 그 말들이 한 가계를 이루게 되면 그제야 뭐가 말이고 뭐가 방귀인지 알 수 있을 것 터였다.

인형이 잠시 웃는 듯

상담실 책상 위에는 언제든 눈물을 닦고 코를 풀 수 있는 다정한 갑 티슈가 있다. 그 옆 바구니에는 손가락만 한 양모 인형들이 오글오글 담겨 있다. 저 쓸데없이 귀여운 인형들은 대체 뭘까, 장식품인가? 남편과의 관계에 대해 하소연을 하면서도 인형들에 자꾸 시선이 가고 궁금했다. 몇 번째 상담 시간이었던가. 그날도 내가 느끼는 온갖 부당함과 억울함에 대해 혼자 질문하고 대답하고 울던 나에게, 드디어 선생님이 양모 인형 바구니를 내밀었다.

"이 중에 남편을 닮은 인형 하나와, 혜원 님을 닮은 인형을 하나씩 골라주세요. 그리고 남편에게 하고 싶은 말을 그 인형이 진짜 남편이라고 생각하고 한번 해보세요."

인형에게 말을 하라니⋯ 이상한 제안이었다. 그러나 회색과 남색으로 된 인형을 보자마자 나는 그게 바로 남편이고, 이 인형이 내 이야기를 분명히 듣고 있다는 확신이 들었다. 눈코입도 없는 보송보송한 양모 인형에게 그런 신묘한 힘이 있었다.

그런데 입이 좀처럼 떨어지지 않았다. 남편에 대한 나의 마음을 남에게 말한 적은 있어도 막상 당사자에게 말하자니 어색했던 거다. 아마 그 이유라면 내가 말을 하려고 할 때마다 말이 끝나기도 전에 반드시 남편이 중간에 끼어들기 때문이었다. 그러다 보면 싸움이 되고, 화가 나면 애초에 전하고 싶었던 말은 온데간데없이 사라졌다.

"나는⋯."

주어를 '너'가 아닌 '나'에 두고 말하라는 대화 스킬은 책에서 많이 읽었지만, 실천하기가 참 어려웠다. 대화조차 피곤하던 시절, 참다 참다 터지면 나가는 게 말이었다. 차분하게 나의 마음만을 이야기할 수 있는 감정 상태가 아니었다. 상대에 대한 원망이나 비난을 빼고 대화할 타이밍은 이미 저만치 지나가버린 뒤였다.

"…나는… 당신한테 충분히 인정받고 보답받는다고 느끼지 못하고 있어. 나는 당신에게 가사 도우미 이상의 가치 있는 존재가 아니라고 느껴. 나는 당신에게 질투심과 자격지심을 느껴… 나는 당신에게 사랑받지 못하고 있다고 느껴."

자존심 때문에 차마 대놓고 하지 못했던 이야기가 양모 인형 앞에서 터져 나왔다. 선생님은 특별한 코멘트 없이 이번에는 남편 인형을 들고 남편이 되어, 아내에게 대답을 해보라고 했다. 내가 듣고 싶은 이야기를 해야 할지, 그가 정말로 나에게 할 법한 이야기를 해야 할지 망설이느라고 시간이 조금 흘렀다. 그도 아니면 무슨 말을 해야 할까. 그가 나에게 해야 했던 이야기? 아니면 그가 아무도 몰래 속으로 했을 이야기? 또는 결코 그의 입에서 술술 나올 이야기는 아니지만 내가 알고 있는 이야기? 당신에겐 무슨 놈의 이야기가 이리도 많은가. 나는 내심 놀랐다.

"나는… 당신에게 충분히 잘 표현하지 못했어. 항상 이성적이고 논리적으로만 당신을 대했어. 당신의 감정에 공감하고 싶었지만 잘 안됐어. 왜냐하면… 나는 너무 오랫동안 그렇게 살아왔기 때문이야. 당신은 나에게 감정이 없고 차갑다고 하지만 살면서 이런저런 감정을 억제하지 않았다면 나는 아마 무너져버렸을 거야…."

그러자 이상한 일이 벌어졌다. 남편의 입에서 나올 때엔 변명이었던 이야기가 내 입에서 나오니 연민이 되는 것이었다. 남편의 입이 되어 말하자 남편의 외로움과 무력감이 내 것과 겹쳐졌다. 우리는 많이 닮아 있었다. 누군가를 이해한다는 말은 늘 조심스럽지만 어쩌면 그때만큼은 남편을 이해한 기분이 들었다. 외로움과 무력감에 대해서라면 나도 빠지지 않게 잘 알고 있었기 때문이다. 뜨거운 것이 목으로 치솟아 올라왔다. 그는 사실 나를 이끌어줄 사람이 아니라 자기만을 챙기며 살기에도 바쁜, 나랑 비슷하게 서툰 사람일 뿐이다. 동시에 나는 말에 대해서 생각했다. 우리가 대화라고 나누었던 말들을 떠올렸다. 지난 10년간 나는 그에게 무엇을 물었어야 했을까? 내가 듣고 싶은 말과 그가 할 수 있는 말의 간극은 그렇게 컸을까? 오랫동안 나는 그가 한 말과 내가 묻지 않은 말 사이 어딘가에서 계속 헤매고 있었던 것이 아닐까.

발치에 놓인 휴지통에 휴지 뭉치가 산처럼 쌓였다. 그 속에는 눈물과 콧물만 있지 않았다. 남편에게 품었던 너무 높은 기대와 바람도 섞여 있었다. 상담실 의자 위에서 수도 없이 코를 풀어내면서 드디어 나는 남편이 내 감정의 해결사가 되길 원하는 게 아니라는 것을 인정했다. 남편이 나에게 더 많이 감사하고 사랑을 표현하면 내 문제가 해결되는가? 그렇지 않았다. 나의 복잡한 감정들, 삶의 방식에 대해 뿌리부터 드는 의심에는 그도 답해줄 권한이 없었다. 남편 인형 앞에서 그의 마음이 된 나는 반대로 남편이 나에게 가졌던 기대는 무엇이었을지 생각해보게 되었다. 그 흔한 입장 바꿔 생각하기를 실현하기까지 어리석게도 이렇게 오래 걸렸구나. 그 사실을 이해한 후 드디어 고장 난 수도 같던 눈물이 멈췄다. 제 역할을 마치고 다시 바구니 속으로 돌아간 양모 인형이 눈, 코, 입도 없으면서 잠시 웃는 듯이 보였다. 내가 미쳤나.

⸬

엉킨 마음을 풀기 위해 가장 먼저 해야 할 일은 눈에 보이는 문제부터 해결하는 것이다. 보통 가장 눈에 띄게 얽히고설켜 생채기를 내는 문제가 관계이다. 그래서 관계에 대해 생각하는 시간이 필요하다. 그 과정에 상담이 꼭 필요하냐고 묻는다면 이렇게 대답하고 싶다. 누군가의 노련함과 지혜가 있다면 그 과정이 덜 지리멸렬할 것이라고. 자기 감정을 치워내고 관계의 실제 모습을 직시하는 것은 그만큼 어려운 일이니 말이다.

상담을 통해 남편에 대한 미움과 스스로에 대한 연민을 정리하자 이제야 한 단계 허들을 넘은 것 같았다. 관계의 갈등 뒤에 숨어 있던, 눈에 보이지 않아 형태도 이름도 없던 진짜 문제가 드러날 시간이었다.

최선의 평화

정신과 상담을 받는다는 건 만병 통치약을 들이켜는 게 아니다. '상담을 받기 시작했다'는 '왕자와 공주가 결혼해서 행복하게 살았습니다'라는 동화 속 마지막 문장과 거의 같다. 결혼이 꽃길을 깔아주지 않듯, 상담 전문가를 만났다고 해서 나의 모든 문제가 다 해결되지는 않기 때문이다. 자신을 변화시키거나 문제를 제거하거나 하는 모든 일은 다 스스로 생각하고 행동해야만 이룰 수 있다.

"어떻게 하면 마음의 평화를 얻을 수 있나요?"

마음속으로 내내 해온 가장 중요한 질문을 선생님에게 물었다. 나는 평화에 관심이 많았다. 평화를 원했다. 자존감은 바닥이고 넘쳐나는 감정은 버겁고 일상은 지칠 때, 마음으로는 다 때려쳐! 라고 말하며 상을 엎고 나가버리고 싶지만 그럴 수 없었다. 그래서 그저 어떤 상황에서도 평온함을 유지할 수 있기를 바랐다. 많은 철학자들이 또 작가들이 말하지 않았던가. 우리가 유일하게 통제할 수 있는 건 상황이 아니라 상황에 대한 태도라고….

나도 흔들리지 않는 태도를 가지고 싶었다. 쉽게 동요하고 널뛰는 내 감정이 고달프고 지긋지긋했다. 하지만 아무리 책을 읽고 명상을 해도 평온함은 몸에 잘 배질 않았다. 종교나 일이나 예술에 의존하자니 왠지 자존심이 상했다. 그래서 기회를 보다가 다짜고짜 상담 선생님에게 물은 것이다. 그는 그냥 상담 선생님이 아니었다. 나는 오래전부터 그가 쓴 책을 읽어왔고, 속으로 흠모하고 존경하고 있었다. 오랫동안 많은 환자와 그 예후를 봐왔을 그의 생각이 궁금했다. 그는 이렇게 대답했다.

"가뭄이 오래갈 때 어리석은 농부는 기우제를 지내고 굿을 합니다."

"그럼 현명한 농부는 뭘 하나요?"

선생님은 '기다린다'고 했다.

"안 오는 비를 억지로 오게 하려 하고, 생뚱맞은 곳에 힘쓰지 않는 현명함이 필요합니다. 그저 기다린다는 것은 응시하는 거예요. 우리는 마음을 가꾸는 농부입니다. 우울한 마음, 즐거운 마음, 원망하는 마음… 모든 마음은 하늘의 구름과 같아요. 구름은 다 지나가는 거고요. 지금 내가 우울하구나, 지금 내가 원망하는구나, 이런 나의 구름들을 평가하지 말고 그저 바라보는 연습을 해야 합니다. 이걸 자기 응시라고 합니다."

들자마자 그대로 다 외워버렸을 만큼 구구절절 좋은 말이었다. 하지만 나는 약간 실망했다. 이미 알고 있는 것과 크게 다르지 않았기 때문이다. 스스로를 바라보고, 있는 그대로의 상태를 인식하라. 근데 그건 마음 챙김 명상 아닌가? 명상, 해봐도 소용없던데…. 아무튼 기대보단 특별할 게 없는 대답에 마음이 개운치 않았다. 알아서 추슬러서 현실을 받아들이고 적응하라는 게 다야? 또? 어쩐지 분한 생각이 들어서 또 묻고 말았다.

"그건 너무… 소극적인 것 같은데요…. 그렇다면 그 다음 단계는요?"

"(당황) 아. 그… 다음으로는 자기 자신에게 친절해지기?"

"음… 죄송한데 그다음은요?"

"마지막 단계는 보편적인 인간의 특징을 생각하기, 같은 경험을 하는 다른 사람들을 생각하는 것입니다."

그리고 선생님은 덧붙였다.

"아셔야 할 것은 이건 지금 단계에서 할 수 있는 일이 아닐 거예요. 보통 마지막 시간에 당부하는 말인데, 제가 지금 혜원 씨한테 말려서 말이 튀어나왔네요."

그 말이 맞았다. 성격이 급한 나는 선생님을 몰아붙여서 정답을 들었지만 도저히 바로 적용할 수 없었다. 적용은커녕 이해하기에도 어려운 말이었다. 도대체 어떤 의미인지 전혀 와닿지 않았다. 하지만 확실히 알겠는 건 '나에게 친절'하고 '다른 사람들을 생각'하는 것의 주어가 바로 나라는 사실이었다. 선생님은 내가 나의 감정을 있는 그대로 바라보도록 여태 함께 애써주었고 그 덕분에 나는 질문을 할 만큼의 용기를 얻었다. 내가 상담실에서 나가면 전업주부를 졸업해야겠다고 말하자 그가 희미하게 웃으며 고개를 끄덕였다. 우리는 그날로 상담을 종료하기로 했다. 속내를 털어놓을 시간과 공간 그리고 들어줄 사람까지, 삼위일체를 이루는 상담실을 떠나는 건 아쉬운 일이었다. 그래도 상담 마지막 시간에 들을 말을 들었으니 조기 졸업하는 셈 치기로 했다.

같은 경험을 하는 사람들과 인간의 보편적인 경험에 대해 생각하는 것은, 대체 어떻게 하는 것일까? 나 같은 사람들을 어디에서 어떻게 찾을까. 보편성을 어떻게 확인할 수 있을까. 책을 많이 읽는 것과는 또 다른 문제일까? 질문이 우후죽순으로 자꾸만 샘솟았다. 잘은 몰라도 인간의 보편적 경험을 생각한다는 것은 아무래도 내 안으로 침잠해 들어가는 것과는 반대로 바깥을 향해 나간다는 의미인 것 같았다. 일기장에 적던 이야기를 밖으로 꺼내보자는 생각이 든 것은 그때였다.

개인 SNS보다는 더 공적인 공간이 필요했다. 곧장 글쓰기 플랫폼인 브런치에 작가 신청을 하고 글을 쓰기 시작했다. 이게 과연 평화와 관련이 있을까? 시작은 미심쩍었지만 글을 쓰기 시작하면서 선생님이 한 말을 나름의 방식으로 조금씩 이해하게 되었다. 아마도 경험을 밟고 시간을 둬야 보이는 것들이 있는 것 같다.

나의 경험을 불특정 다수에게 공개적으로 쓰는 것, 보편적인 마음속으로 들어서는 것, '공감한다'는 댓글로 타인의 실재를 느끼고 어떤 감정을 가지게 되는 것, 그리고 그들의 다양한 삶을 곱씹어 생각해보는 것…. 이는 고립되고 언 마음을 녹여주는 효력이 있었다. 그리고 글을 쓰다 보니 콩나물 잔뿌리처럼 약하고 어설프지만 내가 세상과 연결되어 있다는 느낌이 들었다. 보편성이라는 가치에 발가락을 적시는 기분이었다. 나 자신이 아니라 나의 글로 상대에게 이해되는 기분이 썩 좋았다. 괜찮은 척 행복한 척 얌전히 살아가는 것보다 하고 싶은 말을 거칠지만 열심히 다듬어서 광장에 꺼내어놓는 것은 다른 일과 비교할 수 없이 즐거웠다.

많은 사람들이 그렇겠지만, 나는 글쓰기를 좋아하는 사람으로서 누가 봐도 부끄럽지 않은 글을 쓰고 싶다는 오랜 욕망이 있었다. 소중한 일상과 작은 즐거움이 담긴… 하여간에 뭔가 아름답고 고상한 글을 쓰고 싶었다. 글은 곧 글쓴이의 얼굴이라고 생각했기 때문이다. 당연히 그 시커먼 욕망 때문에 오히려 나는 도저히 글을 쓸 수 없었다. 그런데 궁지에 몰려서 쓴 불편하고 외롭고 억울한 글로 지금 희열을 느끼고 있다. 상담실에서 언어를 발견했을 때와 비슷한 기분이다. 또는 유체 이탈을 한 것도 같다. 마치 애벌레가 껍데기를 벗듯 글을 쓰고 나면 복잡했던 생각이 한 꺼풀 가벼워지고, 내 생각도 좀 더 분명하게 인식할 수 있다. 나는 점점 멋진 글보다 솔직한 글을 쓰고 싶어진다. 감정을 그저 배설하기보다는 나름의 의미와 결론을 고심하고 제안하고 싶다.

글쓰기가 가진 치유의 힘을 확실히 이해한 만큼 계속해서 쓰고 싶다. 평화의 한쪽 끝에는 글쓰기가 있음이 분명하다.

내가 원한 최선의 평화는 무엇이었을까? 과격한 쌈닭이 되고 싶지 않아서 마음의 평화를 갈구했지만 평화롭게 모이만 쪼는 닭이 되고 싶지는 않았다. 그게 무언지 정확히 짚을 순 없지만 나는 변화를 원했다. 내가 노력한 만큼 세상도 조금 노력해서 바뀌었으면 좋겠다고 생각했다. 정신 승리 같은 평화 말고, 조금 소란스럽더라도 충분히 논쟁하고 협의하여 결국 합의한 평화이기를 바랐다. 나는 정말 알고 싶었다. 내가 전업주부가 되면서 잃어버린 것은 대체 무엇이고 다시 찾아야 할 것은 또 무엇인지.

엄마를 위한 밤은 없다

밤이여, 내 사랑이여.

말이 시들고 사물이 살아나는 밤이여.

낮의 파괴적인 분해가 끝나고, 진실로 중요한 것들이 모두 완전한
전체로 돌아가는 밤이여.

인간이 자아의 파편들을 다시 조립하고
고요한 나무와 함께 성장하는 밤이여.

-앙투안 드 생텍쥐페리

밤이 어떤 거였더라? 기억을 더듬어본다. 두런두런 나누는 대화, 반짝이는 조명과 불빛, 어둠을 머금은 사물들, 밤공기…. 한때는 나도 해가 지면 눈이 빛나는 야행성 인간이었는데, 지난 10년간은 밤이면 성실하게도 늘 집 안에서 침대에 누워 잠들어 있었다. 어느새 삼십 대를 통으로 그렇게 흘려보냈다. 그래서인지 밤이란 늘 지나버린 청춘처럼 아쉬운 무엇이다.

살림과 육아는 낮만이 끝없이 이어지는 삶이라는 것을 결혼 전에는 몰랐다. 아이를 얻고 밤을 잃을 줄은 몰랐다. 이 중요한 걸 왜 아무도 알려주지 않았는지 모르겠다. 적어도 10년, 또는 그 이상 내게서 밤이 사라진다는 사실을 말이다. 다시 밤을 찾을 때면 젊음과 체력은 소모되어 그 밤이 예전처럼 황홀하지 않을 테다. 미리 알았다면 각오라도 했을 것을.

내가 예전에 알던 낮은 밤을 위해 지나가는 시간이었다. 하루 일과를 마치고 어둑해지면 비로소 나만의 시간을 허락받는 것 같았다. 낮은 의무와 역할의 시간이고 밤은 해방의 시간이었다. 퇴근길에 화장을 고치고 구두를 갈아 신고 나서면 철없게 신이 났다. 내게 밤은 그런 시간이었다. 친구들을 만나고 취향을 만들거나 즐기는 시간. 온전히 충전하거나 마음껏 소진할 수 있는 시간. 온갖 새로운 다짐과 계획을 하는 시간. 연극 무대 위에 핀

조명을 받고 서 있는 집중의 시간. 밤이면 생각은 날개를 달고, 소설적 영감이 몽실몽실 솟았다. 다음 날 아침에 부끄러워 찢어버릴지언정….

나도 한때는 생텍쥐페리만큼이나 밤을 사랑했다!

밤에 대한 미련은 오래도 남아 마음에 지분거렸다. 특히 매일 아이들을 재우며 속절없이 누워 있어야 하는 한두 시간이 얼마나 아깝고 천불이 나던지… 밤 10시가 넘어가면 조바심이 극에 달했다. 자기 싫어서 재잘대는 아이들에게 왜 안 자니, 좀 자라, 하며 한숨을 푹푹 쉬었다. '입 다물고 자라'고 엄포를 놓는 무섭고 못난 엄마는 사실 밖으로 나가고 싶은 엄마였다. 뾰족구두를 신고 나가 놀고 싶은 게 아니었다. 그저 조용히 혼자 밤에 깨어만 있고 싶었다. 마음은 그랬지만 실상은 그런 생각을 하다 까무룩 아이들과 함께 잠들기 일쑤였다. 자정이 넘어 부스스 깨어나 남들이 보는 드라마, 남들이 자랑하느라 올린 SNS 사진을 보았다. 아주 재밌지도 않았는데 한참을 그렇게 살았다. 그저 사라진 밤이 아쉬워서….

나에게는 밤이 없다는 걸 큰아이가 초등학생이 된 뒤에 거부감 없이 인정했다. 큰아이는 유치원에 다닐 때 지각과 결석을 밥 먹듯이 했다. 하지만 아이가 초등학생이 되자 나는 공권력에 순응하기 시작했다. 학교에 무사히 보낸다는 중요한 업무를 수행하려면 아침부터 기를 모아야 했다. 그러려면 필연적으로 일찍 자야 했다. 엄마의 무모한 밤샘과 아이의 땡땡이가 어우러지던 한 시절은 끝난 것이다.

모두가 이른 아침에 등교하는 시스템은 산업화 시절 공장 노동자를 양성하기 위한 것이라던데, 시대가 바뀌었으면 학교도 오전반, 오후반으로 나누어야 하지 않나 가끔은 생각한다. 그러나 생각은 생각일 뿐 무사히 아이들을 8시 40분까지 등교시키기 위해 최소 7시 반부터 아이들을 깨운다. 예외는 없다. 이러다 지각한다, 일어나, 밥 먹어, 세수하고, 옷 입어야지…. 어르고 달래고 등 떠밀고 잔소리하는 게 내가 아침 시간에 하는 일이다. 아, 전생의 원수인가, 엄마는 왜 아침마다 날 괴롭히는가. 어릴 때 그렇게 원망스럽던 엄마 역할을 내가 하고 있다는 게 가끔 신기하고 어이가 없다. 니들이나 나나 밤잠 없고 아침잠 많은 건 똑같은데, 나 혼자 동분서주하는 게 참 이상하다. 이처럼 아침을 비몽사몽으로 보낼 수 있는 자유는, 돌보는 자인가 돌봄을 받는 자인가에 따라 다르게 주어진다. 다른 사람도 아닌 내가, 아침 6시 반에 일어나고 밤 11시에 잠드는 생활을 유지하다니. 10년 전, 결혼 전, 과거의 내가 안다면, 절대 믿지 못할 것이다.

오랜 기간 밤을 잃었지만 반대로 얻은 것도 있다. 오전 시간이라는 새로운 시간 개념이 생긴 것이다. 야행성이었던 나는 어영부영, 비몽사몽으로 보내던 게 오전 시간이었다. 하지만 지금 오전 시간은 황금같이 귀한 시간이다. 밤의 낭만은 사라졌지만 맑은 오전의 상쾌함이 생겼다.

아이들을 학교에 보내고 나면 집 안은 고요해진다. 다른 사람 안 챙기고 혼자 차려 먹는 밥! 간소한 설거지! 말소리가 들리지 않는 집! 내게 더없이 상쾌한 것들이다. 그런데 오전이 아무리 상쾌해도 문자 따위로 "오늘은 약속이 있어"라고 간단히 밤 외출을 통보하는 남편을 보면 왜 그렇게 부아가 치미는지 모르겠다. 여전히 그렇다. 밤에 대한 미련은 희미해져도 남편을 향한 질투는 갈수록 선명해진다. 나는 궁금하다. 나도 친구가 있었다는 걸 그이도 알까? "오늘 스트레스 받았는데 만나서 수다나 떨까? 맛있는 저녁 겸 안주에 술 한 잔 어때?" 내게도 이렇게 말할 수 있는 친구가 있었다. 예전에는…. 지금은 "나 오늘 약속 있어"라는 말을 그리 간단히 꺼낼 수 없다. 나의 밤 외출에는 여러 가지 질문이 줄줄이 따라온다.

"애들은?" "애들 밥은?" "언제 와?" "애들이 엄마 찾는데?"

그토록 많은 못돼 먹은 질문들을 떨치고 일어나도 이제는 만날 사람이 없다. 친구들도 나와 처지가 비슷해서 감자처럼 주렁주렁 딸려 나올 질문들에 하나하나 답을 달아야 하기 때문이다. 그러니까, 똥이 더러워서 피하지 무서워서 피하냐는 심정으로 나는 밤 외출을 포기하고 살았다. 밤바람이 시원하건 말건 밤공기가 청순하건 말건, 밤에 우직하게 밥을 하고 설거지를 하고 아이들을 씻기고 조용히 잠자리에 든다.

그런데 얼마 전, 드디어 밤 산책을 했다. 밤 9시 언저리에 친구랑 공원을 한 바퀴 돌았다…! 남편 찬스는 아니었다. 친정집에 갔다가 누린 엄마 찬스 호사였다. 걸으면서 "너무 좋다"라는 말이 열 번은 더 나왔다. 길을 따라 빠르게 걷는 사람들, 배드민턴을 치는 학생들… 모든 게 생동감 넘치게 보였다. 이렇게 어두운 길을 누군가와 두런두런 얘기하며 걷는다는 것은 역시 흥분되는 일이었다. 번화가의 휘황한 밤거리가 아니어도, 어둑한 공원 산책길이어도 좋았다. 매일 이렇게 걷고 싶다고 말하는 나에게 친구는 말했다.

"매일 애들이랑 나와서 걸어."

"아니야, 그게 아니야. 그건 이런 거랑은 완전히 다른 얘기야."

미혼인 친구 앞에서 나는 정색했다. 내가 원하는 건 지금 이런 거였다. 돌보는 자도 돌봄을 받는 자도 아닌 그냥 나로서 팔다리를 앞뒤로 마구 휘저으면서 빠르게 걷는 행복. 빠르게 걷는 무리 속의 한 명이 되는 기쁨. 마음껏 주변을 살필 수 있는 자유. 이건 돌봄 노동으로 인해 밤을 빼앗겨본 자만이 아는 달콤함일 것이다. 이 산책은 그냥 산책이 아니야. 자유가 준 커다란 한 걸음이지. 끝이 정해진 걸 알기에 더 짜릿한 일탈이지. 앞으로 줄줄이 송년회 일정을 통보할 남편은 절대 이 맛을 모를 거야. 암, 알 리가 없지. 제발 몰랐으면 해….

나는 아직도 엄마가 되기 전에 보았던 밤의 휘황함이 그립다. 비혼인들의 밤은 여전히 아름다운지 궁금하다. 그리고 온 세상에 외치고 싶어서 입이 간지럽다. 행복하고 자유롭고 소중한 그 시간을 마구 함부로 아낌없이 탈탈 털어 사용해버리라고!

시간이 얼마 없어, 지금 당장 나가서 놀아!

어서!

남의 편인, 그녀에게

남편은 남의 편이라서 남편이라고 한다. 결혼생활의 난해함 중 하나일 것이다. 이성적인(다른 말로는 인정머리 없는) 나의 남편도 7.9할 정도의 확률로 남의 편을 드는, 지극히 평범한 대한민국의 남편이다. 하지만 그것 때문에 딱히 힘들지는 않다. 남의 편을 드는 사람에 대해서는 어릴 때부터 길러온 면역력이 있기 때문이다. 그런데 누군가가 내 편을 안 드는 것보다 나쁜 일이 하나 있다면, 바로 남의 편이 남의 편을 드는 것이라고 할 수 있다.

친정엄마가 우리 집에 자주 오신다. 오셔서 애들을 봐주고 살림도 도와준다. 그러다 보니, 아무래도 속 얘기가 튀어나올 때가 있다. 이를테면 가사와 육아에는 10년째 서툰 남편에 대한 불만 같은 것이다. 그러면 내 편이 아닌 그녀는 거의 9.9할의 확률로 서둘러 방어벽을 친다.

"○서방은 바쁘잖아. 집안일 시키지 마라."

"아이고, 똥 기저귀 갈 줄 모르면 어떠냐. 대신 밖에서 열심히 일하고 오잖아. 그거면 최고 남편이다. 애들 보는 건 안사람인 네가 당연히 해야지."

말하는 것만 보면 우리 엄마인가 남편 엄마인가 헷갈린다. 엄마 말에 따르면, 애초에 그런 걸 바라는 내가 잘못이니 서운하고 자시고 할 것도 없어야 한다. 당신은 대체 누구 편인 거요? 따져 묻고 싶을 때가 한두 번이 아니었다.

나의 엄마는 집 안에 아무 분란 없이 그저 평화롭기를 바라는 자칭 평화주의자다. 남자는 바깥일 잘하고 여자는 살림과 육아 잘하는 게 가정의 평화라고 평생을 생각하고 살아오신 분이다. 그녀는 그런 방식으로 자신의 가정을 유지했고 아이들을 길러냈다. 그 결과 지금 남편과 오붓하게 말년을 보내고 계신다. 그 지론이 그녀에게 옳았음을 온 삶으로 증명하는 데 성공한 셈이다. 이제 그 성공 비법을 딸에게도 알려주려고 한다. 하지만 그녀가 굳이 가르치지 않아도 나는 알고 있다.

다른 가정의 모습을 깊이 들여다볼 기회가 없었기 때문에 나는 자라며 보고 들은 것을 보통의 기준으로 삼았다. 아마 사람들이 말하는 가정교육이란 게 이런 건가 보다. 내가 아는 기준에 따르면 좋은 부부 사이를 지키는 방법은 간단하다. 남편을 집안일과 육아로 귀찮게 하지 않고, 신경 쓰게 하지 않고, 내가 다 하면 된다. 어디까지나 스스로 배운 것이지만, 주부는 집 안의 벽지 같은 것이다. 벽 안에 시체가 있건 단단한 콘크리트가 있건 주부는 벽에 발린 꽃무늬, 도트무늬, 줄무늬가 되어 집 안의 대외적 입장을 대변하고 벽 안의 것들을 숨긴다. 벽 안에는 주로 가난이나 가부장제, 술이나 외도, 폭력 같은 흔하디흔한 이야기들이 감춰져 있다.

객관적으로 내 남편은 (아마도?) 평균을 훨씬 웃도는 성실함과 책임감을 가진 훌륭한 가장이다. 나는 그걸 당연하게 생각했고, 엄마는 나보다 그 가치를 높게 평가했다. 그녀는 당신이 평생 보고 들은 다양한 개차반들과 나의 남편을 상세히 비교하며 나는 미처 파악하지 못한 남편의 장점을 가르쳤다. 그리고 그 비교와 열거는 언제나 "남편한테 잘해줘라"라는 결론을 위한 전주였다. 그녀에게 숨겨놓은 아들이 있다면 아마 내 남편일 거다.

엄마는 눈이 퉁퉁 부은 날 보고 내가 전날 남편과 다퉜다는 것을 알게 되면 반드시 이렇게 말했다.

"너는 너무 공격적이야. 괜히 별것도 아닌 걸로 남편한테 싸움 걸고 그러지 마라. 네가 참은 만큼 나중에 남편은 고마워한다."

하! 나는 기가 막힌다. 추측하건대 남편이 고마워할 시점은 남자들이 나이를 먹어 여성호르몬이 뿜어져 나오기 시작할 때일 것이다. 말하자면 호랑이가 이빨이 빠지고, 여성성과 남성성이 뒤집어질 때 말이다.

"뭔 소리야! 다 늙어서 잘 살자고 참고 살라고?"

결국 나는 소리를 빽 지르고 엄마는 동공이 흔들린다.

"너는 안 참고 살잖아!"

"참아! 나도 참고 있어! 참는 게 이 정도야!"

말문이 막히는지 뒷말을 하지 않는 그녀의 얼굴에 여러 가지 표정이 나타났다 사라진다. 엄마의 말은 언뜻 들으면 콧방귀가 나오는 올드한 말 같지만, 자기를 낮추는 자세가 삶의 지혜라고 여기저기에서 말하는 게 사실이다. 상대를 세워주면 내가 선다. 덕을 보려 하지 말고 덕을 주려고 해라. 이런 고급스러운 말을 쓰진 않았지만 친정엄마가 나에게 전하고자 하는 사랑의 지혜는 그것과 크게 다르지 않았다. 바짝 낮추라는 거다.

그런데 나는 엄마처럼 살 수 없다. 나 역시 무채색의 벽지처럼 살려고 애쓰고 있지만, 희생하고 감수하는 것에 인이 박인 세대가 아니다. 살아보니 어른들 말은 틀린 적이 없고, 내가 집안일을 전담하면 남편도 편안하고 가정사가 원만해 보인다. 그걸 인정하면서도 속이 상한다. 80년대에 태어난 여자가 50년대에 태어난 여자와 같은 기준을 가진다면 그건 분명히 퇴보다. 그럼에도 그 구시대적 방식이 바로 지난 10년간 우리 부부 금실의 비밀이다. 나는 어느 순간부터 내가 입을 열기 시작하면 우리 부부는 많이 다툴 수밖에 없음을 알게 되었다. 그리고 예상대로 우리는 하루가 멀다고 다투고 있었다.

삶이 연극 무대의 연기 같은 거라면, 스스로 수긍할 수 있는 역할을 맡아야 한다. 나에겐 여러 가지 모습이 있다. 순종적인 나, 드센 나, 친절한 나, 성질 더러운 나, 착한 나, 못된 나…. 그리고 남들이, 또 나 자신이 느끼는 내 가정의 모습이 있다. 나는 화목하고 행복한 지금의 가정에 상당히 만족한다. 내가 만들어놓은 매끈하고 보기 좋은 그것들이 정말 좋으면서도 못 견디게 싫다. 고된 육아 노동과 가사로부터 남편을 싸고도는 내가 기특하면서도 한심하다. 그래서 어제는 너무너무 잘해주고 오늘은 너무너무 못되게 구는 식으로 오락가락한다. 남편은 감정의 널을 뛰는 내가 언제 터질지 몰라 무섭다며 말수가 줄어들었다. 옳고 그름이 뒤죽박죽된 그야말로 총체적 난국이다.

하지만 오락가락하는 건 엄마 역시 마찬가지다. 그녀는 항상 내가 당신처럼 남편을 섬기는 아내가 되기를 바란다. 남편이 주는 것에 감사하고 만족하고, 불평하기보다는 긍정적으로 생각하고 분위기를 밝게 만들어주길 바란다. 분란을 일으키지 않고 뒤에서 세심하게 챙기는 아내가 되어야 한다고 주장한다. 엄마는 아무래도 당신의 사위가 당신의 남편보다 훨씬 훌륭한 자질을 가지고 있다고 생각하는 것 같다. 경제력, 성품, 책임감 같은 면에서… 그러므로 당신이 평생 해온 방식을 우리 가정에 대입하면 훨씬 좋은 결과물이 나올 것이라고 믿는 듯하다. 하지만 재미있게도, 엄마는 내가 당신과 다르게 사는 걸 보면서 약간 즐거워하는 것 같다. 넌 어떻게 그렇게 남편한테 관심이 없냐, 남편이 사근사근한 여직원들 보면 얼마나 비교가 되겠냐 하고 망언을 날리다가도, 하긴 요즘 세상엔 너처럼 쿨한 아내가 좋을 수도 있겠다면서 은근히 나를 인정(?)할 때도 있다.

정말이지 우리 엄마 또한 나만큼이나 오락가락한다. 일 같은 거 생각 말고 내조나 잘하는 게 남는 거라고 하면서도 지하철로 한 시간이 넘게 걸리는 딸네 집에 매주 와서 하고 싶은 것 있으면 하라고 나의 자유 시간을 벌어준다. 내가 이제 현모양처는 때려치울 거고 전업주부는 졸업하겠다고 선언했을 때 말세라는 듯이 혀를 차면서도 결국 제일 적극적으로, 현실적으로 돕고 있는 게 바로 그녀이다.

그리하여 내가 결국 이해하게 된 것은 형태는 달라도 그녀가 바라는 것은 단 한 가지라는 사실이다. 딸의 행복. 엄마는 딸의 행복에 기여하고자 한다. 하지만 사실은 그녀도 모르는 것일지도 모른다. 어떻게 해야 진정으로 만족스럽고 행복한 삶을 살 수 있는지. 어떤 부부가 행복한 부부인지. 가장은 집안의 왕이고 여자 팔자는 뒤웅박 팔자라는 평생의 믿음을 도저히 깰 수 없는 엄마는 그저 최악을 방지하려는 방편으로 내게 결혼생활을 위한 조언을 해준다. '이렇게 안 하면 나쁜 일이 생겨'라는 불안에 기초한 가장 방어적인 자세인 것이다. 그건 엄마들이 자녀의 일에 대해서 가지는 가장 보편적인 태도일 것이다.

그래서 나는 그녀가 끊임없이 건네는 나와 맞지 않는 조언들, 핀잔들이 피곤하면서도 끊어내지 못한다. 예전에는 그게 싫었는데 나 역시 나만의 방식으로 서툴고 부족한 엄마가 되어보니까 알 것 같다. 우리는 모두 자신이 아는 만큼의 최선으로 사랑을 표현한다는 것을.

엄마는 내게 가정생활의 지혜를 가르치려 하지만 정작 내가 그녀로부터 야금야금 배우고 있는 것은 따로 있다. 절대 밑바닥까지 슬퍼지지 않는 마음, 그리고 힘든 것은 가볍게 말하고 결국은 행복해지려고 애쓰는 용기다. 아내의 자세를 가르치려 애쓰는 그녀에게서 나는 나 자신으로서 어떻게 살아야 할지를 배우고 있다고 할 수 있다. 비록 나와 방향은 다르지만 저 정도로 강렬하게 자기주장을 할 수 있는 배짱과 강단을 배워야겠다고 생각한다.

엄마는 나만큼이나 오락가락하고 상당히 표리부동한 여자이지만 일관성 있게 그런 사람이기에 안심이 된다. 언제나 내 편은 안 들지만 지금 유일하게 나의 편인 게 그녀임을 잘 알기에 그 손을 꼭 잡고 있고만 싶다.

남편은 애인가, 개인가

얼마 전에 생일이었다는 한 친구가 말했다.

"미역국에 잡채에 갈비찜에… 남편이 정말 고생하긴 했어. 한상을 잘 차려놓고 부모님까지 모셔서 식사를 하는데 아들이 갑자기 아빠가 너무 수고하셨다면서 '다 같이 박수!'라고 하는 거 있지? 얼떨결에 다 같이 박수 쳤잖아. 내 생일인데 박수는 남편이 다 받았어."

자랑인지 불만인지 애매한 이 이야기를 들은 나는 두 가지 생각이 들었다. 첫째, 그런 요리도 할 줄 아는 남편을 둔 친구가 부럽다. 둘째, 나는 가족들 생일마다 당연히 하는 일인데 어떤 경우에는 박수를 받는구나.

한 지인의 남편은 출퇴근길에 아이를 어린이집으로 등·하원시키고 있다. 그는 그것을 두고 회사 사람들에게 '독박육아'를 하고 있다고 말하곤 한단다. 나도 모르게 코로 웃음이 새어 나왔다. 그걸 독박육아라고 했다고, 정말? 나 역시 아이 등·하원 길에 간혹 아이들을 데리고 오는 아빠들을 본다. 등·하원시키기는 육아의 전체적 관점에서 보면 0.01퍼센트 정도의 비중이라고 할 수 있다. 그걸 독박육아라고 생각해본 적은 없지만 아이들을 데리고 오는 아빠들을 눈여겨보기는 했다. 다른 엄마들이나 선생님들도 인사치레하는 것을 보면 '대단하시다' '참 가정적이다'라는 긍정적인 눈으로 그들을 바라보는 듯하다. 등·하원 길에 마주치는 대부분의 엄마들에게는 무심하면서도 아이 손을 잡고 오는 아빠 뒤에는 후광이라도 있는 것처럼 나도 모르게 훈훈한 미소를 지었던 일이 있다. 생각해보니 참 이상한 일이다.

가정적인 아빠에 대해서 생각해보았다. '가정적이다'라는 말에는 성별이 있다. 애초에 '가정적이다'라는 표현은 오직 남자를 수식하는 말이다. 일하면서도 육아에 신경 쓰는 여자를 두고 가정적이라고 하는 건 여태 살면서 들어본 적이 없다. 전업주부는 말할 것도 없다. 엄마와 가정을 연결 짓는 말에는 주로 '가정에 소홀하다', '불량주부다'라는 식의 부정적인 표현들뿐이다. 가정에 쏟는 애정과 기여도를 평가할 때 그 대상이 엄마인가 아빠인가 성별에 따라 디폴트값이 아주 많이 다른 것이 아닌가 싶다.

"사람들이 나보고 엄청 가정적이라던데."

가사 분담을 두고 다툴 때 남편 역시 그렇게 말했다.

"누가? 누가 그래?"

"회사 사람들이 다 그래. '○○님은 너무 가정적이다'라고. 약간 비꼬는 것도 같고."

"이유는?"

"웬만하면 야근 안 하고 집에 일찍 간다고. 자기는 잘 모르나 본데 다른 사람들은 일 끝나도 집에 잘 안 가. 가봤자 공부하는 애들 눈치 보여서 티브이도 잘 못 켜고 귀찮다고 그냥 회사에 있는 사람이 많다고. 근데 나는 절대 안 그러잖아."

그래… 아주 대단하십니다요….

출산 휴가가 있지만 막상 쓰면 고과나 승진에 불리하다고 주장하는 남자들을 안다. 가사와 육아에 신경 쓰는 남자는 남성성이 떨어지는 머저리라고 은근히 비하한다는 마초들의 세계를 모르는 것도 아니다. 하지만 그런 이유로 남자가 가사와 육아를 외면하는 것이 정당하다고 한다면, 여자들이야말로 결혼과 출산을 거부하는 것이 정당하다. 결혼과 출산 후 겪을 사회적 불이익은 불 보듯 뻔하지 않은가. 그리고 전업주부인 나는 내가 온 시간을 할애하는 가사 일을 그가 폭탄 돌리기처럼 여기는 것에 또 한 번 상처를 받는다.

그나저나, 집에만 잘 들어가도 공공연히 가정적인 사람으로 정의되는 세상에 사는 건 어떤 기분일까? 궁금해졌다. 일반적으로 남자들은 여자들에 비해 자기상이 높고 자책하는 습관이 적다고 한다. 엄마들은 육체적, 정서적 돌봄으로 하루를 빼곡하게 채워도, 어딘가 하나 구멍이 나면 바로 가슴을 치고 자신을 책망하기 바쁜데, 대부분의 아빠들은 자신이 이만하면 할 만큼 했다는 말을 자주 한다. 자존감이 이상하게 높다고 해야 하나. 그런 남자와 여자가 어울려 사는 것은 언제나 어려운 숙제이고 가끔은 코미디인 것 같다.

나는 남녀 간의 소통을 주제로 하는 어느 유명 강사의 강연을 종종 보곤 했다. 유머러스한 입담으로 대중을 박장대소하게 하는 그의 강연에 홀린 듯이 빠져들다가도 가끔 싸하게 불편해질 때가 있었다. 주로 그가 남자에 대해서 말할 때였다. 그가 남긴 유명한 말이 있다.

"남자는 애 아니면 개예요."

언뜻 남자를 비하하는 말 같지만 가만히 들어보면 그렇지가 않다. 남자는 원래 타고나기를 공감 능력도, 소통 능력도 부족한 존재이니 여자들이 그러려니 이해하고 봐주고 맞춰주라는 말에 가깝다. 사람들은 깔깔 웃었지만 나는 하나도 웃기지 않았다. 이 말은 남자들에게는 무지해도 될 권리를 주고 여자들에겐 또 하나의 책임을 전가하는 말이었다. 아내들에게 지어지는 또 하나의 기대였다. 그는 '여자를 이해하는 법'으로 남자들에게 우스꽝스러운 잔재주를 권했지만, 여자들이 해야 하는 노력은 참 깊고도 심오했다. 그야말로 철없는 강아지를 조련하듯이 사랑과 인내를 가지고 가르쳐야 했다. 그런 식의 말을 들으면 나는 심한 피로감을 느꼈다.

일명 '남자 다루는 법'은 이러하다. 작은 것부터 세세하고 명확하게 알려줄 것. 잘 못한다고 나무라면 자신감과 재도전할 힘을 잃어서 다시는 안 하게 되니 조심할 것. 폭풍 칭찬과 보상을 해주면서 부드럽게 대할 것. 다 큰 성인에게 무언가를 요청할 때 이 정도로 배려를 해줘야 한다고? 도저히 믿기지 않는다. 이런 스킬은 당연히 효과가 있다. 이렇게 하면 짐승도 재주를 부리는데 하물며 사람이야. 하지만 상대가 가사와 육아에 대해 그저 '도와준다'는 개념을 가지고 있는 한 고작 그 정도 도움을 받자고 이런 노력을 하는 것 자체가 몹시도 피곤하다. 사실상 남자 다루는 법이 아니라 남자 모시는 법이다. 이 방식이 효율이 떨어진다는 것은 널리 알려진 바이다. 남자가 정말로 개라면 충격 요법이 낫지 않을까.

유명 강사와 남편 본인은 가사 분담에 있어서 기대치를 낮추라고 주장한다. 하지만 그게 옳은 해결책이라고 할 수 있을까? 남편을 편안하게 해주는 것은 확실하지만 나도 편안한가 하면 당연히 아니다. 둘 중 부족한 사람이 있다면 부족한 쪽이 노력해야 하는 게 마땅하지만, 소통과 이해라는 농담 아래 누군가는 면죄부를 받는다. 죄책감이나 미안함 없이, 그래도 나 정도면 상당히 잘 '도와주는' 괜찮은 남편이라고 생각하며.

저녁 시간은 내가 늘 동동거리고 시간에 쫓기는 시간대다. 식탁 치우고 설거지하고 애들 숙제 봐주고 씻기고 재울 준비를 할 때, 편한 자세로 소파에 앉아서 핸드폰을 보고 있는 남편을 보면 만감이 교차한다. 그는 '남존여비! 가사와 육아는 여자 일!'이라고 생각하기 때문에 저러고 있는 것이 아니다. 그저 이 상황을 수습하는 데에 자신은 관련자가 아니라고 학습되어 왔기에 눈치가 퇴화한 것뿐이다. 그냥 내가 눈 딱 감고 다 하는 게 훨씬 빠르고 편한 것도 사실이다. 하지만 나는 이제 '내가 뭘 바라겠냐~' 식의 포기 대신에 대화를 선택하려고 한다. 여보. 지금. 우리는. 무엇을. 해야 할까? 명령어를 입력받으면 그는 귀찮은 기색이 역력하지만 보통은 주섬주섬 일어난다. 그럴 때 나는 습관적으로 오구오구, 기특하다는 생각이 든다. 그러나 지나친 칭찬과 보상은 개라면 모를까 사람에게는 오히려 독이다. 그를 길들이기 위한 궁디팡팡을 남발하지 않기로 다짐한다.

남편은 길들여야 할 개가 아니고 가족공동체의 동등한 구성원이니까. 남편도 아마 결혼하면서 되고 싶었던 게 겨우 애나 개는 아니었을 것이다.

누구 엄마 말고 나의 이름은…

그날은 학부모 반 모임이 있었다.

내 배 속에 있던 작은 점이 나를 가르고 나와서 걸어 다니고 말을 하더니 이젠 공교육의 시스템 속으로 들어갔다. 그런 믿을 수 없는 일이 내게 벌어지고 있었다. 초등학교 1학년 첫 반 모임. 낯가림이 있는 내게 잘 보이고 싶은 사람들 여럿과 모여 이야기를 하는 것은 엄청난 부담이었다. 아무렴 그들도 나처럼 얼떨결에 학부모가 된 사람들이겠지, 그렇겠지. 애써 마음을 다독이며 집을 나섰다. 그렇게 나는 동네 카페의 커다란 테이블에 둘러앉은 여자들 중 하나가 되었다. 어색한 분위기에 더 어색한 미소만 겨우 지으며 눈치를 살폈다. 어쩌자고 나는 그동안 아이 엄마 친구 한 명 못 사귀고 여기 이렇게 혼자 뻘쭘하게 앉아 있는 걸까. 둘러보니 다행히 나와 사정이 비슷해 보이는 사람들이 있는 것 같았다. 나중에 보니 그들은 워킹맘이었다. 동네 친구 없는 기준으로 보면 나도 워킹맘 레벨이었다.

반 대표 엄마가 돌아가면서 자기소개를 하자고 했다. 우리는 한 명씩 일어나서 이름을 말했다. 정해진 틀은 없었지만 듣다 보니 가장 무난한 멘트는 이거였다.

"안녕하세요, ○○번 ○○○ 엄마입니다. 반갑습니다."

아이를 낳은 후 진짜 이름 대신 누구 엄마로 소개하고 불리는 건 이미 익숙했다. 아이의 존재를 아는 대부분의 사람들이 나를 '누구 엄마'로 불렀기 때문이다. 내 이름이 제대로 불리는 건 아파서 병원에 갈 때뿐이다. 물론 엄마로서 아이에게 엄마로 불리는 것은 단연코 행복한 일이다. 그러나 외부에서 누구 엄마로 불릴 때의 무게—아이의 학교생활, 교우 관계, 인성과 성적을 관리하고 단톡방에서는 때로 아이의 대변인이나 대리인이 되어야 하는—는 아직도 무겁기만 하다.

앉아 있다 보니 훈훈한 카페의 공기 때문인지, 정신이 몽롱해지면서 눈이 자꾸 감겼다. 아들 녀석은 긴장하면 하품을 하는데 이게 나를 닮은 것인 줄 그 자리에서 알게 되었다. 미소를 띠고 긍정과 칭찬의 말만 하다 보니 내가 배우가 되어 연기를 하는 것 같다는 생각이 들었다. 연기에 대해 말하자면 떠오르는 기억이 있었다.

이십 대 초반, 대학생 때였다. 어째선지 내 주변에는 영화를 찍는 친구들이 많았다. 그런데 학생이 찍는 단편영화라는 게 예산도 빠듯하고 배우를 구하기도 쉽지 않은 것 같았다. 그래서 배우를 구할 때면 주변에 적당한 친구를 꼬드겨서 밥 한 번 사주고 배역을 맡기는 경우가 많았다. 나도 그렇게 두 편의 단편영화에 출연했는데 지금은 무슨 내용이었는지도 기억이 안 난다. 그냥 적당한 옷을 입고 나가서 지금은 이런 신이고, 이런 연기를 해달라고 하면 대충 흉내를 냈을 뿐이다. 이렇게 써놓으니 대단히 성의가 없어 보이지만 내가 받은 배역을 분석해서 연기할 시간은 주어지지 않았다. 애초에 연출하는 이가 생각하는 이미지에 내가 어떤 식으로든 적합해서 그 역할이 온 듯했다. 전문 배우도 배우 지망생도 아닌 내게, 개런티도 없이 얼굴을 팔라고 부탁한 그들은 그냥 하던 대로 하라고 주문했고, 나는 정말 하던 대로 했다.

그때 찍은 신들은 대부분 흐릿한데 그중 또렷하게 기억나는 한 장면이 있다. 추운 겨울 놀이터에서 어떤 여자애랑 입을 맞추는 장면이다. 쌍방 합의는 아니고, 내가 일방적으로 상대를 좋아해서 갑자기 입술을 들이미는 설정이었다. 나는 그때 아마도 짧은 단발머리에, 새파란 코트를 입고, 샛노란 머플러를 칭칭 감고 있었다. 그 머플러는 감독이 둘러주었다. 이제 여자아이와 나는 나란히 그네에 앉았다. 나의 돌발 행동에 친구 역할의 배우는 단호하게 나를 자신에게서 떼어낼 것이었다. 내가 이 장면을 선명히 기억하는 이유는 여자 입술은 정말 부드럽구나, 하고 깜짝 놀랐기 때문이다. 너무 추웠던 놀이터에서 너무 부드러웠던 입술…. 그 장면과 그 장면의 감정만은 오래도록 마치 진짜 나의 추억인 것처럼 마음에 새겨져버렸다. 서투르고 간절한 짝사랑의 기억으로. 후에도 사랑에 대해 생각할 때 나는 그 놀이터를 떠올렸다. 목도리를 칭칭 감고 있던 감촉과 시린 이마와 뜨거운 입술을 생각했다.

진짜 배우들은 종종 역할에서 헤어 나오지 못하고 힘들어 한다고 하던데 혹시 이런 느낌인가? 마음이나 기억은 이게 연기인지 실제 상황인지 헷갈리는 것일까. 그렇다면 배우들은 어쩌면 너무 오래, 너무 여러 번 살아버린 느낌일 것이다. 내가 걱정할 바는 아니지만 그들도 참 힘들겠다.

과거에서 돌아와 다시 내 앞에서 식어가는 라테를 바라보았다. 시간을 훅 건너뛰어 나는 여기에 앉아 있다. 문득 궁금했다. 내가 연기하던 이의 이름은 무엇이었을까. 알아볼 걸 그랬다. 기억해둘 걸 그랬다. 그 겨울, 놀이터에서 친구와 입을 맞추고 또 사랑을 잃은 그 여자아이도 커서 누구의 엄마가 되었을까? 누구 엄마로 불리고 있을까?

　"안녕하세요, ○번 ○○○ 엄마입니다. 만나서 반갑습니다. 1년 동안 잘 부탁드립니다."

　새로운 단편영화를 찍는 기분이었다. 새 영화 속의 배역은 더없이 단순했다. 착하고 건강하고 예의 바른 여덟 살 아들을 둔 엄마 역할이었다. 대사는 아이의 긍정적인 면을 드러내는 말이면 됐다. '우리 아이는 착하고 건강하고 예의도 바르니 당신의 자녀와도 잘 어울릴 거예요.' 개인적인 기쁨이나 슬픔도 모두 아이와 관련된 형태로 제한하는 것이 좋았다. 여기에서도 나의 이름 따위는 하등 중요한 문제가 아닐 것이다.

　그런데 이상하게도 이번 연기는 정말 자신이 없었다. 나는 엄마가 되었어도 여전히 나에 대한 관심과 감상이 너무 많았다. 그런데 내 배에서 나온 아이 역시 온전히 이해하기엔 아주 많은 노력이 필요한 아이였다. 나는 한 팔로 내 아이를 안고 다른 한 팔로는 여전히 아이 같은 나도 안아야 해서 쓸 팔이 남아나지 않았다. 거기에다가 집에는 네 살배기 아기 한 명이 더 있었다. 내 책임의 아이가 총 셋이었다. 같은 반이 된 다른 아이에게 관심을 갖고 기억하고 학교 행정 문제에 관여하는 일들은 어쩐지 분에 넘치는 일 같았다. 하지만 덜컥 학부모가 되었으니 어쩌나.

엄마들은 화기애애하게 대화를 나누었다. 학교와 담임 선생님에 대한, 학원에 대한 정보만으로도 두어 시간은 거뜬하게 지날 듯했다. 뛰쳐나가지 않고 간신히 추임새만 넣는 내가 궁금했는지 누군가가 나를 지목해서 질문했다.

"○○이는 어때요? 공부는 알아서 잘하나요?"

"…아… 사실 전 공부 걱정은 별로 안 하는데 다른 걱정이 많아서요."

1초 정도 분위기가 싸해졌다. 내가 말실수를 한 것 같았다. 이 상황에 맞는 대사는 아마도 따로 있었다.

"아유, 아니죠~ 제가 잔소리를 얼마나 하는데요~ 스스로 하는 애들이 어디 있나요~!"

하지만 그 대사가 나오기 직전에 나는 다른 생각을 했다. 우리 아이는 등교 거부를 하고 있고 학교에서는 입을 닫았으며 최근 놀이치료를 시작했다는 생각이었다. 갑자기 질문을 받아 생각이 그대로 입으로 나가버렸지만, 당연히 그날은 그런 말을 해서는 안 되는 자리였다. 모든 걱정이 "애들이 다 그렇죠~!"로 뭉개지는 곳이니 대충 적당한 대답을 하면 그만이었다. 아무래도 지금 여기에서 아이의 공부 말고 내가 또 걱정하는 게 무엇인지 더 말하지 않는 게 좋을 것 같았다. 어색하게 말이 끊어진 나를 건너뛰어 대화는 금방 다른 사람에게 넘어갔고 나는 다시 예의 바른 미소를 지었다.

실수를 덮기 위해 더 쾌활하게 굴고 많이 웃었다. 그랬더니 더욱 졸음이 몰려왔고 입꼬리에 경련이 일어날 것 같았다. 나는 연기에 소질이 없었다. 연기자가 되지 않아서 다행이었다. 만약 배역을 다시 고를 수 있다면 '반 모임에 나가지 않는 누구 엄마'를 고르고 싶었다. 하지만 그럼에도 불구하고 현실에서 나는 누구 엄마로서 쭉 살아야 한다. 그게 바로 나에게 주어진 역할이다. 지금의 나는 누구 엄마 외에는 아무도 될 수 없기 때문이다.

돌아오는 길, 숙제를 해냈다는 후련함과 함께 조금 막막했다. 학부모라는 건 역시 어려웠다. 나와 아이가 정말 한 세트 같은 거라면 적어도 내 아이에게 폐가 되지 않는 엄마가 되고 싶었다. 정말 그러고 싶었다. 아이를 위해 사교적이고 적극적인 엄마가 되고 싶기도 했다. 동시에 엄마로서 부족한 나를 숨기기 위해 차라리 일하는 엄마가 되고 싶기도 했다. 어미로서 자식에 대한 사랑은 목에 차오를 만큼 큰데, 그 사랑을 온전히 소화하려면 내가 아닌 뭔가 다른 것이 되어야만 할 것 같았다.

하던 대로 해. 대충 해. 누군가가 나에게 또 그렇게 말해준다면, 목도리를 칭칭 감아주면서 그렇게 말해준다면 정말 좋을 것 같았다.

여기서 이러시면 안 됩니다

　　맘카페 게시판에는 종종 "양띠 아기 맘이에요. 친구 구해요!"같은 천진난만한 글이 올라온다. 아이를 낳고, 또 아이의 친구를 구하는 젊은 엄마의 자기소개 글을 보면 쪽지를 보내고 싶어진다. 쪽지에 이렇게 써야지. 어머님, 여기서 이러시면 안 됩니다….

　양띠맘이 구하는 친구란 어떤 사람일까. 아이의 출생 연도와 사는 지역 정도가 일치하면 친구의 조건에 부합할까. 글쎄, 잘 모르겠다. 외로운 양띠맘이 부디 좋은 친구를 만나 행복하기를 바라지만 솔직히 말하자면 나는 아이 친구라는 건 구한다고 구해지는 게 아니라고 생각한다. 아니 애초에 아이 친구를 엄마가 구하러 다니는 지금의 현실이 좀 이상하다고 생각하고 있다.

시대가 바뀌어서 그런 걸까? 나의 엄마들 세대에는 이렇게 엄마들이 아이 친구 만들어주려고 다른 엄마들을 사귀고 다니지는 않았던 것 같은데 말이다. 적어도 난 엄마랑 세트로 누군가를 만난 기억은 없다. 물론 그때는 핸드폰도 없고 이 많은 단톡방도 없고 맘카페도 없었다. 아이의 엄마로서 가입하고 활동해야 할 곳이 이렇게 많지 않았던, 엄마의 역할이라고 일컬어지는 것들이 의식주에 몰려 있었던 시대. 그건 조금 편했겠다 싶다.

양띠맘 덕분에 나는 친구를 구하던 나의 새댁 시절과 엄마가 되어 만난 다른 엄마들을 떠올려보았다. 처음에는 마냥 즐겁고 좋았다. 아이를 낳고 일을 그만둔 후로 이전의 사회적 관계들은 사라졌고 매일 남편, 시댁, 친정 식구들만 만나며 또래 관계에 목말랐던 때였다. 처음엔 다들 예의 바르고 상냥하니까 기분도 좋고, 무엇보다 공감대가 잘 형성됐다! 같은 전업맘들로서 생활 패턴이 비슷했고 무엇보다 아이 키우는 사람들을 만나서 육아 이야기를 하면 정말 숨통이 트이는 것 같았다. 진짜 잘 통한다고, 이런 수다 얼마 만이냐고, 친구가 생겼다고 좋아했다. 하지만 안타깝게도 이 우정의 콩깍지는 오래가지 않았다.

내가 아는 엄마 A와 B는 아이들끼리 절친이라, 아이들을 끼고 넷이서 일주일에 몇 번씩 만날 만큼 가까운 사이가 되었다. 그런데 그들은 서로가 없는 자리에서는 그렇게 서로를 험담했다. 성향이 너무 다르고 서로의 많은 부분이 싫었지만 애들 때문에 참고 견딘 대단한 희생정신이라고 해야 하려나. 결국엔 아이들 사이가 틀어지자 엄마들도 헤어졌다고 들었다. 또 다른 엄마 C는 오랫동안 공동 육아하던 사람이 하루아침에 쌩, 돌아섰다고 했다. 그 이유는 C의 아이가 자꾸만 학원에서 1등을 했기 때문이었다. 자기 아이가 뒤처지는 것을 견딜 수 없었던 상대 엄마는 C를 아는 척도 하지 않는 것으로 수년간 맺었던 관계의 종말을 고했다.

D는 아이의 수업 태도가 산만하다는 이유로 엄마들 단톡방에서 왕따를 당하고 한동안 트라우마에 시달렸다. E는 함께 어울리던 엄마들이 자기만 빼고 따로 단톡방을 만들었다는 것을 알고 분개했다. 아이들이 자기 아이만 은근히 따돌리는 것도 분한데 엄마들까지 자기를 따돌렸다는 사실을 알게 된 것이다! F는 자신의 아이를 자꾸 괴롭히는 한 아이가 신경 쓰였다. 물리적으로 때리는 건 아니지만 친구들 앞에서 창피를 주고 행동을 지시하며 대장 짓을 하고 있었다. 아이의 엄마와도 친해서 그것에 대

해 여러 번 말을 해보았으나 상대 엄마가 대수롭지 않게 여기자 기분이 상했다. 지금은 그 아이도 엄마도 만나지 않는다고 했다.

G는 가족처럼 지내던 이웃이 있었다고 했다. 주로 학원과 교육 정보를 나누면서 친하게 지냈는데, 어느 해에 G가 이사를 하자 그날부터 상대 엄마의 태도가 변했다. 갖가지 핑계로 약속을 미루고 취소하는 것을 보고서 그는 자신이 버림당한 걸 알았다. 마음을 많이 주었던 G는 서운해서 하마터면 이젠 내가 쓸모없어진 거니, 나를 좋아하긴 한 거니, 같은 말이 튀어나올 뻔했다고 했다. 또 H, I, J는… 휴, 다른 엄마들에게 상처받은 이야기를 찾자면 끝이 없을 지경이다. 물론 상처 준 이야기까지 하자면 두 배는 더 많을 테지만.

아니 근데 상처라고?

주변인들에게서 엄마들의 우정사를 제보받다가 나는 상처라는 말에 주목하게 되었다. 아이 친구 엄마로 만났을 뿐인데 왜 우리는 진심이 되어버려선 상처까지 받느냐. 관계란 게 원래 오해와 다툼, 질투와 배신의 총천연색 잔혹사가 켜켜이 쌓이는 것임을 모를 나이도 아닌데… 나는 엄마들이 맺은 관계의 생로병사가 본인이 아니라 아이들에게 달려 있다는 것에 충격을 받았다. 아이가 아니었다면 만나지 않았을 사람들이 만나고, 아이가 아니었으면 겪지 않았을 갈등을 겪고 헤어졌다. 그런 일에 마음을 쏟다 보면 마음이 자주 너절해졌다. 한때 찬란했다가 허무하게 사그라든 관계를 들으면서 나는 물었다.

"아이 친구 엄마가 내 친구가 될 수 있긴 한 거야?"

내게도 아이 친구 엄마가 있었다. 오전에 브런치를 먹고 맥주를 마시고 시댁과 남편, 육아 이야기를 하면서 언니 동생으로 지낼 때에는 참 좋았다. 어른이 되어서 누군가를 만나도 이렇게 마음을 터놓을 수 있구나, 이렇게 조건 없이 베풀어주는 사람들이 있구나, 감동을 받은 순간도 많았다. 당시에는 내가 어떤 사람인지 상관없이 누군가의 엄마라는 이유로 받아들여지는 관계가 있다는 것이 감동 포인트였는데 이제 와 생각하면 그게 건강한 관계가 아니라는 징조였던 것 같다. 쉽게 온 것은 쉽게 가는 것이라고 했다. 그렇게 만들어진 관계란 아무리 아름답게 꾸며도 결국 기초가 튼튼하지 않은 집 같은 것 아닐까, 하는 생각이 들었던 것이다.

친구라면 내 이야기를 꺼낼 때 고민하지 않아야 했다. 코로나 시기를 지나며 나는 전업주부 역할에 대한 의심, 미래에 대한 고민으로 괴로웠지만 그런 이야기를 할 사람이 정작 주변에 없었다. 충분히 좋아하고 호감 가는 사람들은 많았다. 하지만 에어프라이어로 뭐 해 먹을지 한 시간씩 얘기하기는 어렵지 않은 그이들에게 막상 나 자신에 대해 이야기하는 것은 어려웠다. 그것을 깨닫자 당황스러웠다. 엄마들 사이에서 그런 이야기는 금기인 듯도 했다. 어렴풋이 다른 전업맘들도 나와 비슷한 고민을 하는 걸 알았지만 그렇다고 해서 진지하게 그래서 말이지, 내가…라고 말을 꺼내기는 어려웠다. 부담스러워할지 반가워할지 손가락질할지 알 수 없었기 때문이다. 다시 말하자면 수년간 누구 엄마가 아닌 나를 그대로 보인 경험을 쌓지 않았고, 그래서 이 사람이 친구인지 아닌지 가늠하기가 어려웠다.

아이 일로는 별별 속 이야기를 다 꺼내 보인 사이라는 건 참 아이러니다. 어떤 이들은 엄마들은 원래 딱 직장동료 같은 그런 사이이니 기대를 하지 말라 했다. 하지만 전업맘인 나에게 다른 엄마들은 단순한 동료 이상의 이웃이자, 아이들의 유년을 공유하는 거의 가족이나 친척 같은 사람들이었다. 거울처럼 나의 오늘을 반영하는 사람들, 내가 가진 인간관계의 핵심이고 내 사회생활의 최전선이었다. 하지만, 그렇게 한 시절을 공유했어도 우리가 서로를 친구라 할 수 없다고 한다면 조금 서글픈 기분이 들었다.

한편 아이로 인해 시작됐던 관계들도 서서히 끝을 보이고 있었다. 아이가 엄마 손에 이끌려 또래를 만나던 시기는 생각보다 금방 끝났고 이제 아이는 자기가 직접 고른 친구들을 바라보고 있었다. 엄마들의 관계가 삐걱거리는 시기는 아이의 성장에 따른 후폭풍인지도 모르겠다. 이런 관계들을 떠나보내면서 또 한 번 나는 내가 아이의 사회성을 위한다며 한 일들이 결국 아이를 위한 것도, 나를 위한 것도 아니었다는 것을 인정하게 되었다. 내가 아이 친구를 만들어준다고 이곳저곳 기웃댄 건 오지랖이고, 그 친구 엄마가 다 내 친구가 될 것이란 건 착각이었다. 아이나 나나, 친구는 각자 알아서 사귀어야 할 일이다. 그러니 아이 친구를 찾아다닐 시간에 내 친구를 사귀었더라면 어땠을까. 그 시간에 내 인생을 고민하고 내 일을 했다면 감정의 소모와 낭비가 덜 했을까. 그래서 내게 절실했던 기댈 언덕을 만약에 미리 만들어두었다면, 전업주부로 사는 삶의 번아웃을 막을 수 있었을까.

오랜 시간 동안 아이라는 렌즈를 통해 세상을 보고, 세상과 연결되어 있었던 엄마는 아이가 나에게 의존하는 것 이상으로 아이에게 의존하게 된다. 엄마에게는 아이라는 연결고리 없이 마음과 취향, 생각과 의견을 나누는 연습이 필요하다. 엄마들은 엄마라서, 그저 나 자신으로 사는 것도 많은 연습이 필요한 것이다. 아무도 알려주지 않고 아무도 권하지 않았지만 나는 엄마로 버텨내기 위해서는 그것이 다른 어떤 일보다 중요한 일임을 깨닫게 되었다.

아이와의 동기화를 해제합니다

2019년 아이를 최고의 대학에 보내고 싶은 부모들의 욕망을 다룬 드라마 〈SKY 캐슬〉이 방영됐다. 충격적인 막장 드라마라지만 시간이 지날수록 그 내용은 현실과 닮아 보였다. 그들이 가진 부만 빼고. 드라마 속 부모들의 기형적인 집착은 그 시작이 어디였을까. 처음에 그것은 사랑 또는 모성이라고 불리는 무엇이었을 것이다. 걸음마 하는 아이가 넘어지면 같이 아프고 웃으면 함께 웃게 되는 마음이 가랑비에 옷 젖듯 조금씩 온몸을 적셨을 것이다. 그래서 아이와 한 몸인 것처럼 느끼고 아이와 같은 감정으로 동기화되었을 것이다.

사랑은 언제부터 부패하는 걸까. 언제부터 부모가 아이의 미래를 앞질러 보고, 지름길을 안내해 줄 수 있다고 착각하기 시작하는 걸까? 그건 아마도 아이의 발달 과정에서 성적이 매겨지면서부터가 아닌가 싶다. 아이가 뒤집고 기어다니고 앉고 말하고 키가 크는 건 엄마가 잘 키워서라고 말하지 않는다. 그런데 아이가 학교에 가서 좋은 성적을 받고 좋은 학교에 진학하는 건 부모, 그중에서도 엄마에게 달려 있다고 보는 시선은 만연하다. 〈SKY 캐슬〉에 등장하는 가족과 이웃들은 아이가 잘되면 엄마의 희생을 추켜세우고 잘못되면 엄마 탓이라고 비난한다. 과정보다 눈에 보이는 결과물이 중요하기 때문에 과정이야 어떻든 결과로 판을 뒤집겠다는 생각이 팽배하다. 그 병적인 절박함이 바로 드라마를 끌고 가는 핵심이다. 그리고 공교롭게도 드라마 속 엄마들은 모두 전업주부다. 그건 우연일까 아니면 설정일까.

전업주부는 물 흐르듯이 자연스럽게 아이와 동기화된다. 나만 해도 그렇다. 아이의 모든 순간에 가까이 있으면서 나 자신보다 아이를 더 세세히 파악하게 되었다. 그건 내가 전업맘이라서 얻은 최고의 혜택이었지만 그게 의무가 되자 내 발목을 잡는 덫이기도 했다.

아이의 행복이 엄마에게 달려 있으니 정신 바짝 차리라는 조언은 애가 태어나면서부터 넘치게 들었다. 아이가 어릴 때는 지나친 학습 경쟁에 비판적이었지만 학령기에 접어들자 나 역시 조바심이 났다. 나 또한 경쟁하는 삶을 살아왔기 때문이다. 공부만 잘하면 많은 것이 용서되던 학창 시절, 학벌 따라 사람을 줄 세우던 사회 경험, 성취와 성과가 무엇보다 중요했던 과거가 되살아났다. 비교와 경쟁을 벗어난 다른 가치에 익숙하지 않은 우리 엄마들은 아이를 키우는 일조차도 점점 가시적인 성과를 내야 할 과제로 느낀다. 전업주부로서 하는 가사와 돌봄 노동이 정당한 대접을 받지 못한다는 것을 일찌감치 깨닫는다. 가사는 모래성 쌓기 같고 육아는 몸이 녹아나는데도 당연히 해야 하는 일이며 심지어 즐겁고 감사해야 한다는 말을 듣기도 한다. 억울하고 분해도 감히 그 인식을 뒤엎을 생각은 못하고, 반드시 세상이 인정할 성취를 보여주고 말겠다는 오기를 품는다. 무엇으로? 보란 듯이 잘 키운 아이로.

그런데 아이를 잘 키우는 건 어떻게 하는 것인가? 그것은 세상에서 제일 어려운 문제이다.

나는 12년 내내 공부하고 시험 보고 평가받고 줄 서서 대학 가고 취업하고 결혼하고 아이를 낳았다. 그런데, 이제 다시 아이 한테 시험 보고 평가받고 줄 서서 대학 가고 취업하고 결혼하라고 해야 하나? 생각하면 기가 막히고 코가 막힌다. 나는 다시 돌아간다면 절대 그렇게 살고 싶지 않은데 말이다. 시대가 바뀌었다는데, 학벌이나 스펙이 성공이나 안정을 보장하던 고도성장 시대는 이미 지난 지 오래라는데도 주류의 교육 방식은 그대로다. 관행에 관성을 붙여 우리가 수십 년 전에 했던 방식을 되풀이해야 한다는 것에 동의하기가 어렵다.

그렇지만 또한 엄마가 되어보니 아이에게 해주고 싶은 좋은 것들이 세상에 너무나 많기도 하다. 내가 어릴 때 받고 싶었던 서포트와 다양한 선택의 기회를 내 아이들에겐 모자람 없이 다 해주고도 싶다. 거기에다가 내 아이의 뛰어난 잠재력이 발견됐는데 그 재능을 서포트하지 않는 건 방임이자 폭력이라는 말을 들었을 때, 솔직히 반박하기가 힘들었다. 어쩌면 집에 있으면서 이 정도도 안 하냐는 시선이 두려웠을지도 모른다. 전업주부니까 당연히 아이들 교육에 관심도 많고 정보도 많이 알아야 직무 유기가 아니라고 생각하기도 했다.

대한민국 교육에는 상한선이란 게 없다. 〈SKY 캐슬〉 엄마들은 돈으로 컨설턴트를 사기라도 하지, 내 현실에서 아이를 엘리트 코스로 키우려면 〈SKY 캐슬〉 엄마들처럼 우아함은 지키기 어렵다. 엘리트 코스는커녕 최소한으로 시킨다고 생각하는 나도, 오후 1시부터 5시까지 거의 차 안에서 시간을 보낸다. 학원가에서 조금 떨어진 주택가에 사는지라 두 아이 학원 한두 군데 데려다주고 데리고 오고 대기하는 데만 오후를 통째로 쓰기 때문이다. 오가는 사이사이 아이들 간식과 멘탈을 챙기고 나면, 내가 쓸 수 있는 시간은 누덕누덕한 자투리 시간뿐이다.

아이의 특목고 진학과 명문대 입성을 나 역시 꿈꾸지만 이미 앞서가는 엄마들을 보면 그야말로 꿈같은 일인가 싶다. 입시 제도는 계속 바뀌니 때때로 설명회도 들어야 한다. 학원 하나도 그냥 보내지는 게 아니다. 입시를 위해서 선행 학습을 하는 유명한 학원은 레벨 테스트부터 한 세월이 걸린다. 여기저기 테스트 보고 결과 듣고 골라 보내면, 당연하다는 듯이 학사 일정에 엄마 시간도 저당 잡힌다. 아이가 받아오는 숙제 폭탄은 누군가가 옆에서 확인하고 도와줘야 하는 게 전제되어 있다. 좋은 학교에 진학하려면 공부 외에도 운동, 악기 같은 취미와 정서 활동도 중요하다는데… 하려고 들자면 끝이 없다. 이 모든 것이 아이에 대한 꿈은 선명하지만, 엄마의 꿈은 없을 때 가능한 시나리오 아닌가 하는 합리적 의심을 떨칠 수 없다. 혼자서 척척 해내는 자율적이고 천재적인 아이도 어딘가에 있겠지만, 강렬한 목표 의식이 없는 보통의 아이를 안고 경주에 뛰어들려면, 엄마의 삶과 시간은 담보로 잡힐 수밖에 없다. 그야말로 엄마 주도 학습을 권하는 세상이다. 내가 그 어려운 일을, 희생을 해낼 수 있을까? 해야 할까? 나는 미친 듯이 고민한다. 애나 나나 인생은 한 번뿐이라서, 2인1조의 달리기 레이스 앞에서 나는 교육의 문제가 '나는 어떻게 살 것인가?'와 바로 닿아 있음을 깨닫는다.

엄마의 삶을 희생하지 않고 아이의 꿈과 엄마의 꿈이 함께 간 경우를 본 적이 있기는 하다.

얼마 전 줌으로 강연을 하나 들었다. 강연자 B는 아이의 성공에 엄마의 열정이 무엇보다 중요하다고 강조했다. 그리고 어렸을 때부터 아이와 '원 팀'으로 움직여야 한다고 했다. 아이들이 엄마의 말을 무조건 신뢰하고, 엄마가 짜놓은 계획대로 잘 움직이게끔 훈련해놔야 좋은 결과물이 나온다고 했다. 좋은 결과물이란 국내외 명문대학교 진학을 의미했다.

나는 그 열정과 확신 앞에 기가 팍 죽어서 하릴없이 B의 경력을 살펴보았다. 아들 둘을 국내외 일류대학교에 보낸 엄마였다. B는 아이들의 진학을 이력으로 삼아 입시 학원의 상담 실장 자리에 앉아 있었고, 다른 엄마들에게 자신의 경험을 가르치고 있었다. B의 경우가 자식의 성공이 곧 엄마의 성공이란 공식에 맞는 예시였다. 아이를 키우면서 교육과 학습 관리에 도가 튼 엄마들을 가끔 본다. 그것 또한 적성과 재능의 발견이라면 박수 쳐줄 만한 일이다. 드문 일이기는 하지만….

그러나 교육에는 상한선이 없듯 정답도 없다. 원 팀이 되기엔 너무나 강렬한 자아를 일찌감치 드러낸 우리 애를 보니 그렇고, 내로라하는 재력과 열정을 가졌지만 세상에 마음대로 안 되는 게 자식 일이라는 전설을 확인시켜주는 주변 사람들을 보니 그렇다. 운이 따라주어 아이가 시나리오대로 자라준다고 해도 그다음엔 무엇이 남을까? 아이의 성취와 엄마의 성취는 결코 하나가 아닐 것이다. 엄마가 밀어주던 아이는 자기 삶을 힘차게 시작할지 몰라도 엄마는 다시 자기 자신으로 남을 뿐이니 말이다. 부모의 희생이 효도로 이어지는 고리는 끊어진 지 오래다. 어떤 식으로든 보은을 기대한다면 부모에겐 신파, 아이에겐 스릴러 막장 드라마가 시작될 것이다. 이것이 투자라면 너무나 위험한 투자이다.

이걸 다 알면서도, 함께 있는 시간이 절대적으로 많기 때문에 본능적으로 아이를 사랑하는 마음과 인간 내비게이션이 되고 싶은 욕망을 깔끔하게 분리하기가 현실적으로 불가능하다. 오늘은 회의를 품고, 내일은 힘을 내는 날들이 누더기처럼 이어질 것이다. 모순이다. 어미라면 맹모삼천지교가 당연하다고 생각하면서도 동시에 '제 새끼밖에 모르는 이기적인 엄마들'이 학원 앞 도로에 꾸역꾸역 정차한다고 욕하는 사람들처럼.

이렇든 저렇든 어디까지 나의 삶을 아이의 삶과 겹칠 것인가, 서로에게 얼마나 시간을 엮을 것인가를 냉정하게 셈해봐야 할 때다. 나의 사십 대와 아이의 십 대, 우리가 모두 이 시절을 즐길 수 있는 최선의 방법은 무엇일까. 큰아이가 고학년에 올라가는 지금, 엄마인 내가 하는 가장 큰 고민은 바로 이것이다.

여자가 사랑을 왜 먹어?

하….

아이에게 동화책을 읽어주다가 한숨이 나왔다. 때가 어느 때
인데 엄마는 공손한 존댓말로 아빠는 반말로 대화하는 장면들
을 벌써 여러 번 마주친 다음이었다. 걸핏하면 며느리가 소박맞
고 지혜를 시험받는 전래동화도 물갈이가 좀 되었으면 싶다. 여
자아이라는 이유로 자신을 잔인하게 버린 부모를 오히려 살리겠
다고 일부러 개고생하는 가학적인 바리공주 이야기는 읽다가 던
져버렸다. 언제부터인지 이야기마다 일관된 여성상을 보면 가슴
이 답답하다. 이것도 병인가. 내가 좋아하는 막장 드라마조차 그

때문에 집중이 안 될 지경이다. 하루는 〈결혼작사 이혼작곡〉이라는 유명한 드라마를 날 잡아서 몰아보다가, 집어치웠다가 다시 켜기를 반복했다. 웬만해서 막장 드라마는 끊어 보지 않는데 그건 숨 고르기를 하며 볼 수밖에 없었다. 체할 것 같아서!

이 드라마는 세 부부가 주인공이다. 제목처럼 모든 남편들이 예외 없이 바람을 피우고 첫 결혼은 전부 이혼으로 치닫는다. 여기까지는 평범한 막장 드라마다. 그런데 남편들이 바람이 나는 서사를 매회 대사와 화면으로 조목조목 되짚어주는데 그 모양새가 압권이었다. 아내가 외모를 안 가꿔서, 일을 너무 많이 해서, 아침밥을 안 해줘서, 섹스를 덜 해줘서, 너무 완벽해서, 남편 말을 안 들어서, 너무 희생해서, 남편보다 잘나가서, 임신을 거부해서, 너무 오래 같이 살아서… 남자의 바람 따위에 이렇게나 다채로운 여성 책임론을 끌어올 수 있다니, 그 상상력에 진심 감탄이 나올 지경이었다.

무엇보다 "여자는 사랑만 있으면 안 늙어"라는 식의 대사도 인상적이었다. 사랑이 무슨 힘이 있다고 노화를 막는다는 건지… 드라마 속 아내들은 몸종처럼 남편을 모시고 살면서도 사랑받는다는 한 가지 이유만으로 몹시도 행복해하다가 결국 배신을 당한다. 배신의 주체인 남편은 슬그머니 빠지고 아내 vs 내

연녀 간의 다툼으로 구도가 변질되어버리는 것도 흔한 설정이다. 그중에서도 반복적으로 강조되는 것은 여자란 변치 않는 사랑만 주면 무엇이든지 다 기쁘게 내어주는 존재라는 이상한 가정이다. 남편 사랑 받겠다고 갖은 애를 쓰는 여자나 유부남 사랑 얻겠다고 불구덩이에 뛰어드는 여자나 보기에 당황스럽기는 마찬가지다. 막장은 막장일 뿐, 시원하게 욕하고 돌아서는 재미로 보는 거지만 유독 '여자는 사랑을 먹고 산다'는 주술적인 외침에 왜 오스스 소름이 돋는지 모르겠다. 결혼한 여성은 사랑이 행복의 원천이라는 협박이 현실에서도 낯설지 않기 때문일까.

↓

　　　　　　남자들은 보통 결혼하면 사회로부터 이런 요구를 받는다. "사회에 더 깊이 뿌리내리고 자신을 확장하라." 사회는 결혼한 남자를 '가장'이라 부른다. 가장의 표준 노동 시간과 강도는 조력자가 있다는 전제하에 정해진다. 조력자는 가장을 대신해 집에서 끼니와 빨래 같은 자질구레한 일들을 하고 가장의 지친 체력과 정신을 회복시켜 다음 날 다시 출근시켜준다. 가장이 된 남자는 조력자의 도움을 받으며 사회에 더 밀착하고 자기 자신을 증명하도록 요구받는다. 그동안 집에 있게 된 여자는? 확장의 반대인 사라짐을 요구받는다. 과거의 자신은 축소되거나 사라지며, 조력자의 역할과 새로운 이름을 부여받는다. 아내, 엄마, 주부.

새로운 이름에는 규격화된 행동 지침이 있고 모든 지침은 아름다운 말로 포장된다. 바로 사랑이다. 차라리 특정 기능을 요구하면 쉬울 텐데, 매번 그놈의 사랑이 코팅되는 바람에 그녀들은 그냥 아내가 아니라 현명한 아내, 그냥 엄마가 아니라 좋은 엄마가 되려고 노력한다. 사랑의 이름으로 감정 노동을 강요받는다. 주위를 둘러 보면 아내는 남편의 사랑을 받아야 행복하다는 말과 남편에게 사랑받는 방법에 대한 조언이 넘쳐난다. 남자들은 과연 사랑받는 남편이 되는 조언을 어디서 한 번 들어보기나 했을지 모르겠다. 말이 좋아 사랑이지 '주는 사람'과 '얻는 사람'의 관계다. 그 관계가 대등하지 않고 계급적이라고 느끼는 건 나뿐일까?

축소되는 자아를 보면 여러 가지 감정이 들기 마련이지만 결혼하고 아이를 낳은 여성이 자기 욕구와 욕망을 드러내어 표현하는 것은 금기에 가까운 듯하다. 남자들의 명예욕, 허세, 정복욕 같은 건 결혼 여부와 상관없는 본성이라고 하면서 사회 활동에 열심인 주부들에겐 유독 독하다, 드세다 하며 욕망의 화신으로 취급한다. 욕망에 대한 잣대는 이처럼 편협하다. 하루 종일 아이 보다가 힘들어서 커피 한잔하겠다는데 그걸 '맘충'이라고 조롱하는 손가락들 역시 다르지 않아 보인다. 그들에게는 여자도 휴식과 쾌락과 명예와 성취에 대한 욕구가 있다는 것이 낯설고 불쾌한 것이다. 그 학습된 무지함에는 미디어의 탓도 크다. 미디어는 여자와 사랑을 지나치게 엮어 그 가치를 확대하고 사랑만을 먹고 사는 여자들을 습관적으로 등장시킨다. 막장 드라마 속 아내들이 불편한 이유는 그녀들의 서사가 담고 있는 메시지 때문이다. 그녀들의 이야기는 네가 누구든 무슨 직업을 가졌든 너의 관심사는 가정과 가족으로 쪼그라들어야 한다고 주문한다. 사랑만 지키기도 얼마나 힘든 줄 아느냐고, 여자가 사랑을 잃으면 다른 건 소용없는 거라고 위협한다. 사랑 중독적인 이야기 속에서 여성은 성녀와 악녀로 나뉘어 소비될 수밖에 없다.

사랑 따위는 필요 없다고 말하고 싶은 것이 아니다. 사랑해서 결혼했고 사랑해서 애 낳고 살고 있으며 밥 먹듯이 사랑의 감정을 느낀다. 다만 그 외의 다른 욕구들을 이해받지 못하는 세상에서 사랑의 생산자로 사는 것은 너무나 피곤한 일이다. 사랑이 밥 먹여주지 않는 건 초딩들도 아는데, 여자가 사랑을 먹고 산다는 거짓말은 이제 제발, 그만 듣고 싶다. 그보다는 결혼하고도 다양한 감정적 모험을 하고 삶을 확장해나가는 여자들의 이야기를 보고 싶다. 남편이 있고 아이가 있어도 다른 관심사와 다른 열정과 다른 이상을 가질 수 있음을 사회가 조직적으로 모른 척하지 않았으면 좋겠다.

그러니까 이야기가 더 필요하다. 한없이 다정하거나 착한 성녀, 물불 안 가리는 악녀 또는 사랑에 목메어 울고 웃고 미치는 모습 말고 삐쭉삐쭉 모난 현실의 다양한 여성들을 더 보고 싶다. 그런 인물들이 자연스럽게 등장하는 동화, 육아서, 드라마, 소설, 영화가 지금보다 더, 더, 더 필요하다.

3부

**이제,
전업주부를
졸업해야겠다**

이혼은 아무나 하나

아이가 어릴 때, 백화점 문화센터를 다녔다. 아무래도 짐 주렁주렁 달고 유모차 밀고 다니기엔 백화점만 한 데가 없다. 하루는 백화점 카드를 하나 만들어야겠다 싶어서 안내데스크로 갔다.

"직업은 없으신 거죠?"

네? 나의 직업은 주부인데… 주부는 그 누구보다 다양한 일을 하지만 직업으로 쳐주지 않는다. 어물거리면서 끄덕이니까 직원은 남편분과 통화를 해야 한다고 했다. 나는 몰랐다. 백화점 카드 한 장 만드는 것도 남편한테 확인 전화를 하고 만들어주는 줄은. 주부는 수입이 없어서 마이너스 통장도 만들 수 없고 1금융권에서 대출을 받을 수 없다는 것도 나중에 알았다. 이거, 너무 이상한 일 아닌가? 그러고 보면 고리대금에 손대고 용돈 몇만 원 벌겠다고 이름을 빌려주다가 대포통장 사건에 연루되는 주부들을 욕하기 전에, 도대체 왜 그래야만 했는지 생각해 볼 필요가 있다.

"○○○님이 배우자분 맞으신가요? △△백화점 카드 발급에 동의하시면 '네'라고 말해주세요."

내 남편과 통화하는 직원을 보는데 왠지 울고 싶었다. 카드 이야기가 나와서 말이지만 결혼 후 내가 쓰는 신용카드들은 이미 다 남편 명의의 가족 카드였다. 나는 그렇게 내 이름을 가진 사람이 아니라 누군가의 가족으로서 존재하고 있었다. 혹자는 남편 카드를 쓰니 편하겠다고 생각할지도 모르지만 스무 살부터 경제적으로 독립해 살아본 나는 그 상황에 마음이 편해지기까지 오래 걸렸다. 내가 쓴 카드 내역이 남편에게 꼬박꼬박 알람이 간다고 생각하면, 조금 불편하다. 남편은 카드 알람이 오지 않게 설정해놓았다고 나를 안심시키지만(?) 카드를 발급받는 것도 정지하는 것도 여전히 내가 아니라 남편의 권리라는 사실은 분명하다. 덤벙거려서 카드를 자주 잃어버리는 나는 매번 다시 남편에게 신분을 확인받은 후에 새 카드를 발급받았다. 결혼 전에도 대부분의 시간을 회사원보다는 프리랜서로 살았기 때문에 내가 신용이 없는 사람인 것에는 익숙하다. 하지만 그걸 결혼한 사람에게 매번 인증받는 건 좀 더 수치스러운 일이다. 나는 남편의 동반자이고 싶은데, 모양새는 영락없이 남편의 부양가족이다. 전업주부란 경제학적 의미에서 그저 무직자이고 그림자 인간인 모양이다.

경제력이 없다는 사실은 주체적인 어른이라는 자존감에 얼룩을 만들고, 상상력에도 영향을 끼친다. 자랑은 아니지만 어렸을 때 나는 부모님한테 심하게 혼나면 집을 나가는 상상을 하곤 했다. 내가 없어지면 엄마 아빠는 나한테 못되게 말한 걸 엄청 후회할 거야. 아마 울겠지. 슬퍼하는 엄마 아빠 모습을 상상하면 기분이 나아졌다. 유치하지만 그게 내가 자주 쓰는 자기 위안의 한 방법이다. 그런데 남편과 싸운 후에는 가출하는 상상도 전혀 위안이 되지 않았다. 상상 속에선 후회하는 남편이 아니라 후회하는 내가 있었다. 직업도 없고, 돈도 없고, 할 줄 아는 것도 없는 내가… 애는 둘이고… 아…. 가출할 경제적 여건이 안 된다는 현실을 확인하면 전보다 기분은 훨씬 나빠졌다.

사는 게 괴롭다는 생각이 들면 유튜브에서 〈법륜스님의 즉문

즉설〉을 시청한다. 딱딱 떨어지는 스님의 답변을 들으면 적지 않은 위로가 되고 세상일 다 별거 아니네 싶어서 웃음이 나온다. 하루는 한 여자가 남편이 너무 밉다고, 성격 차이도 심하고 이혼하고 싶다고 질문했다. 스님은 물었다. 몇 살이에요? 직업 있어요? 애들은 다 컸어요?

그러고는 이혼하면 본인 손해니까 법원에 가지 말고 그냥 마음속으로 이혼하라고 했다. 마음으로는 이혼했지만 그냥 몸만 같이 산다고 여기라고 한 것이다. 그렇게 생각하면 남인데 남이 돈도 벌어오고, 남이 내 생활비도 내주니 얼마나 고맙냐고 했다. 그 말이 우스워 피식 웃다가 또 그게 무슨 말장난인가 싶었다. 미간에 주름을 잡다가 결국은 급격히 울적해졌다. 스님의 말이 역시 이혼은 아무나 하는 게 아니라고 비웃는 것만 같았다.

만약에 직업이 있는 중년의 남자가 같은 질문을 했어도 그렇게 말했을까? 애까지 키워주는 무급 가정부가 있어서 좋다 생각하고 몸만 같이 살고 마음으로는 이혼하라고? 아닐 것 같았다. 아마 사람들이 흔히 그러듯이 스님에게도 이혼은 여자에게 더 불행한 것이라는 전제가 깔려 있는 게 아닌가 싶었다. 남편에게 경제적으로 의존하며 생존을 의탁하는 존재가 아내라는 전제도 함께. 상대를 기만하는 게 이혼보다 낫다는 조언이라니 이상하다. 어쩌면 그게 현실이기에 사람들의 박수가 터져 나왔을지 몰라도 나는 영 입맛이 썼다.

이혼율이 높아지고 있다고 한다. 통계청의 2021년 혼인 이혼 통계에 따르면 혼인 건수 대비 이혼 건수가 절반이다. 단순 계산 이지만 결혼한 사람 두 명 중 한 명이 이혼한 셈이다. 내 주변에 도 이혼한 친구들이 드물지 않게 있다. 현실의 이혼은 쿨하지만 은 않다. 생활과 인간의 군내를 풀풀 풍긴다. 이혼에 이르게 된 아침 드라마 같은 얘기를 친구에게서 들을 때면 감정 이입이 되 어서 "나 같아도 무조건 이혼한다!"는 말로 친구의 편에 서지만 솔직히 말해서 자신은 없다. 이혼은 아무나 하는 게 아니라서.

만에 하나, 백만 분에 하나 남편이 우리 가족에게 용서할 수 없는 잘못을 저질러도 지금의 나라면 이혼이 미치는 현실적인 영향을 생각하지 않을 수 없다. '싱글맘이 될지언정 그런 인간하 고는 못 살겠다'고 말하는 친구는 당시 공기업에서 과장 승진을 앞두고 있었다. 남의 결혼도 이혼도 딱히 부러울 일은 아니지만, 참고 살지 않고 남은 자기 인생을 진흙탕에서 건져내는 친구가 대단해 보였다. 그리고 이런 생각도 해보았다. 같은 상황이라면 나는 어떻게 했을까. 당연히 헤어지고 싶을 것이다. 하지만 동 시에 남편과 헤어지면 나가서 얼마를 벌 수 있을까 하는 현실적인 문제를 따지지 않을 수 없을 것이다. 애 둘 키우는 데 드는 돈이… 생활비가…. 따지다 보면 마음으로만 이혼하는 게 낫다는 말이 무슨 소리인지 알게 된다. 내 손으로 버는 돈이 10원도 없다는 자격지심은 사람을 돈에 벌벌 떨게 하고, 부당함을 견디고 침묵하게 한다. 이따위 비굴한 생각을 하는 시시한 나를 보면, 왠지 우리 부부 관계가 수평적이라는 생각이 들지 않는다.

경제력이라는 건 생각보다 아주 중요한 것이다. 부부란 한배를 탄 한 팀이라지만 누가 선장이고 누가 선원인지가 결정되는 게 바로 경제력이라고 생각한다. 경제력으로 위치가 결정된다면 엄밀히 말해 나는 배의 어디쯤에 있는 걸까.

아이 학원 시간을 기다리는 동안 가끔 카페에 앉아 있다 보면, 본의 아니게 앞뒤 옆 테이블의 이야기를 듣는다. 주로 아주머니들의 세상 사는 구성진 이야기다. 사는 모습이야 제각각이라지만 남녀, 부부간의 이야기는 어쩜 그렇게 닮아 있는지 신기하다. 그래도 남편이 가장이니 참고 살았다는 이야기, 그래도 남편은 있어야지 해서 산다는 이야기, 나이 드니 돈 벌어다 주는 남편이 그저 짠하고 고맙더라고 하는 중년 여자들의 중복되는 서사를 듣고 있다 보면 궁금해진다. 주부의 사회 진출과 이혼율에는 어떤 관련이 있는지.

백화점 카드를 만든 날, 남편에게 내가 돈을 안 버니까 사회적으로 가치도 없는 거 같고 이 나이에 부양가족이 된 게 서글프다 했다. 남편이 말한다. 우린 역할 분담을 했을 뿐이라고.

"당신이 집에서 내조해주고 나는 밖에 나가서 돈을 벌고 그렇게 역할 분담을 했을 뿐이잖아. 그러니까 내가 버는 돈 절반은 당신이 버는 거나 마찬가지야. 너무 예민하게 생각하지 말아."

고마운 남편이다. 그의 말이 진심이라는 것을 알고 있다. 착한 그의 담담한 말은 백화점 카드 발급 직원의 전화처럼, 별다른 의도가 없다. 하지만 그런 말들 앞에서도 나는 울컥해진다. 이 마음을 뭐라고 설명해야 할까. 처음에는 가부장적이지 않은 좋은 남자를 만나서 이런 위로를 받으니 운이 좋다고 생각했다. 이어서는 싸해졌다. 그럼, 운이 안 좋은 여자들은 평생 불행하게 살아야 하나? 만약 내 딸이 전업주부가 되겠다 한다면, 내가 해줄 수 있는 조언은 겨우 '네 남편이 좋은 사람이길 바란다'일까? 우리 부부의 역할을 두고 아무리 기능적이고 합리적인 분업이라고 포장해도 경제적 측면에서 내가 그에게 완전히 의존하고 있는 것은 분명했다. 우리는 동등한 개인으로 사랑해서 만났지만 이런 식이라면 한쪽의 변심이나 죽음으로 예상되는 경제적 고난은 결코 동등하지 않을 것이다. 그런 생각이 나를 아찔하게 한다.

누군가는 그랬다. 아이랑 백화점 문화센터를 다닐 수 있게 해주는 남편에게 감사하라고. 그 시간에 남편은 밖에서 돈 버느라 고생하는데, 사치스럽게 내 기분 따위가 중요하냐고. 그래, 중요하다. 한 명은 평생 돈을 벌어와야만 하는 압박에 시달리고, 다른 한 명은 경제적 무능을 이유로 평생 가사노동을 해도 그 가치를 부정당하는 이상한 구조의 쳇바퀴에 불안함을 느낀다. 그건 사치가 아니다. 누구에게나 경제적 활동의 기회가 주어진 이 시대에, 경제적 존재가 되고 싶다는 생각은 사치가 아니라 당연한 생존 본능 아닌가.

아무도 문제라고 하지 않는, 바로 그 문제

몇 년 전 《82년생 김지영》 책과 영화가 화제였다. 그 사회적 이슈에 대한 다양한 해석과 감상이 참 많았는데, 아직까지 기억에 남는 건 유명 블로거인 K가 포스팅한 글이다.

그녀는 이 영화가 굉장히 찝찝하다고 했다. 도저히 요즘 이야기 같지 않고 너무 우울해서 중간에 나오고 싶었다고도 했다. 자신은 누가 뭐래도 여자라서 행복한데, 불평과 불만과 우울로 삶을 낭비하는 지영 씨의 영화를 보고 기분이 상했다고 했다.

K의 글을 읽으면서 나는 평행우주란 게 다른 게 아니구나 싶

었다. 감상과 판단이 각자의 사정에 따라 얼마나 달라지는지 실감할 수 있었다. 유명 쇼핑몰을 운영하며 수많은 팬을 거느린, 미혼의, 미모의 셀럽에게 지영 씨의 삶은 비현실적으로 보일 수도 있다는 것을 그 글을 읽고 처음 알았다.

어쨌든 나로 말하자면 그 영화를 보고 영화관에서 눈이 퉁퉁 부어서 나왔다. 개인적으로는 소설이 영화화되며 무리한 결말이 첨가된 게 아쉬웠으나, 짧은 장면과 대사에 많은 걸 응축시키느라 애쓴 흔적이 뚜렷했고 화면으로 보는 지영 씨는 또 남달랐다. 나의 감상은 K의 의견과는 정반대였다. 내가 본 지영 씨는 불평과 불만으로 삶을 낭비하는 것과는 거리가 멀었다. 몰아치는 상황에 여기저기 얻어맞으면서 지영 씨는 불평이 아니라 침묵했다. 나는 그 혼란스러운 침묵에 공감했다.

지영 씨의 서사에는 특별한 가난도, 지독한 시대 식구들도, 나쁜 남편도 나오지 않는다. 아이는 딸 하나, 평범한 30평대 아파트, 남편은 다정하고 평범하다. 시어머니의 구박은 너무나 시어머니 같은 구박이다. 보편적인 전업주부의 삶이라고 해도 좋다. 그런데 왜 지영 씨는 미쳐버린 걸까? 흔히 불행이라 일컫는 형태의 자극적인 것들이 부재한데 말이다. 이 영화에는 대체 뭐가 문제야? 라고 물을 만한 모든 상황 속에서 아무도 문제라고 지적하지 않는 문제를 온몸으로 의식하는 자의 괴로움이 절절하게 담겨 있다.

명확히 드러나는 갈등이 없어도 사람은 얼마든지 시들어갈 수 있다. 지영 씨는 결혼과 출산 후 규정화되고 대상화된, 동시에 소멸하고 증발한 존재다. 그녀는 자신이 이전에 어떤 사람이었든지 간에 현재는 할머니와 엄마로 이어진 바통을 그저 그대로 이어받는 역할일 뿐이라는 현실을 알아챈다. 그러고는 자신이 그 자신인지 엄마인지 할머니인지 자신도 모르는 내면의 경계가 허물어져버린다. 나는 그런 지영 씨의 표정이 낯설지 않았다. 여자라는 사회적인 틀 안에서 고군분투하다 고개를 들어 거울을 보면 내가 바로 그런 눈빛으로 그런 표정을 짓고 있었기 때문이다. 웃을 수도 없고 울 수도 없는 상황이 아주 많았다. 지영 씨의 이야기는 나의 이야기와 닮았다.

나도, 처음부터 출구가 없었던 것을 모르고 찾으려고 애쓰다 여기저기 멍만 들었다. 나도, 내가 쉽게 조롱과 비하의 대상이 되며 산산이 분열된 정체성을 바닥부터 다시 쌓아 올려야 한다는 것을 알고 멍했다. 그런데 이 심각한 문제를 대체 뭐라고 불러야 할지 모르는 막막함이 제일 힘들었다. "왜?"라고 소리쳐 묻고 싶은 나에게 오히려 사람들이 물었다. "대체 왜 그래?" 지영 씨처럼 말이다. 안정적 생활 속의 전업주부들이 겪는 이 문제는 오랜 세월 동안 표현할 명확한 단어조차 없었기 때문에 자세히 말해지지도, 의논되지도 않았다. 정확히는 가족과 가정을 '가졌다는' 이유로 문제라고 생각하는 것조차 허락받지 못했다. 마치 가정이 여성이 갈 수 있는 마지막 목적지이자 여성이 가질 수 있는 최고의 것인 것처럼.

여성 문제에서 전업주부의 목소리는 묘하게 배제되는 현실이 있다. 마치 전업주부의 문제는 여성 문제가 아니라는 식으로 말이다. 워킹맘이나 비혼 여성의 목소리에 비해 전업주부는 가부장제에 빌붙어 산다는 인식이 있는 것만 같은데, 나만의 느낌일까? 내가 아는 한 후배는 꽤 진지한 페미니스트였는데 그녀가 결혼을 하자 주변 친구들에게 엄청나게 비난을 받았다고 한다. 그래서 그 후배는 자신의 결혼이 마치 배신 행위가 된 것 같은 느낌이 들었다고 말했다. 넌 이제부터 여기에서 아웃이야! 라는 눈빛을 받았다고 해야 하나….

이 사회에서 '적당한 나이에 결혼

해서 아이를 갖고 적당히 풍요롭고 안정된 4인 가족을 이루는 것'
은 행복의 표준이나 다름없다. 그러므로 나는 행복해야 마땅하
다고 생각했다. 내가 주부로서 느끼는 위기감이나 불합리성을
이야기하면 너 정도면 행복한 거야, 하고 눈을 흘기는 사람들이
있었다. 불행하다는 생각 자체가 사치라는 가스라이팅 앞에서
나는 점점 입을 다물었다. 맞는 말 같았다. 가난, 전쟁, 폭력 등
에 생명의 위협을 당하는 것도 아니고, 집 안에서 악인이라 할 만
한 존재에게 억압당하는 것도 아닌데 심지어 워킹맘도 아닌 내가
뭐라고 약자로서의 여성 문제에 대해 말하겠나. 그래서 움츠러들
었다. 그러나 아무리 경제적, 계층적으로 부족함이 없다고 해도
개인으로서 존재감이 사라지는 것은 두려웠다. 내가 원해서 자
발적으로 만든 가정이라고 해도 그로 인해 자아를 빼앗긴 느낌,
우울감과 무력감까지 괜찮은 것은 아니었다.

　가만히 보니 이 영화를 비난하는 말들은, 내가 나의 문제를
이야기할 때 들을 것 같아서 두려웠던 말들과 같았다. 그 말은
곧, 내가 지영 씨와 비슷한 사람이고 같은 문제를 고민하는 사람
이라는 뜻이었다. 그래서 영화가 사회적으로 큰 화제가 되고 이
토록 공감을 불러일으키는 모습은 나를 흥분시키기에 충분했
다. 나만 그런 게 아니구나, 나만 이상한 게 아니구나, 내가 유난

하고 예민하고 욕심이 많은 게 아니구나, 나는 보편적인 존재이구나!

보편성에 대해서도 생각하지 않을 수가 없었다. 왜냐하면 〈82년생 김지영〉 영화를 비판하는 사람들은 보통 비판의 이유로 지영 씨 캐릭터가 '보편적이지 않음'을 들었기 때문이다. 사람들은 김지영의 불행이 보편적으로 생각하기에 불행이라고 하기는 어려운, 평범한 상태라고 지적했다. 그녀가 유난스럽다는 것이다. 남자나 여자나 사는 게 어렵고 우울한 건 마찬가지라는 견해였다.

《여자를 위해 대신 생각해줄 필요는 없다》에서 이라영 작가는 〈82년생 김지영〉과 〈국제시장〉 두 영화를 두고 흥미로운 대조점을 지적했다. 〈국제시장〉에서 덕수가 겪는 극적인 사건들—파독 광부, 베트남 전쟁 등—을 모두 겪은 아버지들을 현실에서는 찾기 어려움에도 사람들은 그것이 '우리 아버지들의 이야기'라는 감독의 설명에 토를 달지 않았다. '우리 어머니들도 힘들다'는 식의 유치한 문제제기를 하지도 않았다. 그러나 〈82년생 김지영〉의 서사 앞에서는 '남자도 힘들다' 식의 공적인 발언이 유독 많았다. 김지영이 겪은 경력 단절, 화장실 불법 촬영의 공포, 육아, 가사노동 등은 여성들이 보편적으로 겪는 일이다. 그럼에도 그리 보편적이지 않은 덕수의 이야기가 '우리 아버지들의 이야기'가 되는 것은 쉬운데 몹시도 보편적인 김지영의 이야기가 '우리 여성들의 이야기'가 되는 데에는 말이 많다. 그런 현실을 직시하자면 보편성이란 하나의 권력이고 강자의 이데올로기라는 것이 분명해진다. 여성을 비롯하여 소수자나 약자의 이야기가 더 많아져야 하는 것은 바로 이런 이유에서일 것이다.

영화를 본 지 몇 년이나 지났지만 지금도 가끔 베란다에 주저앉아서 지는 해를 바라보던 지영 씨의 눈빛이 생각난다. 그만큼 나에게 중요한 계기가 된 명장면이었다. 침묵이 습관이 된 김지영에게 필요한 건 고이는 감정을 표현해낼 고유의 언어였고, 그건 나도 마찬가지다. 영화관에서 소리 죽여 눈물을 닦던 그때, 여기저기에서 훌쩍거리는 소리를 들었다. 나는 그 작은 소리들을 감지하면서 기뻤다. 나를 조각내고 분열시키는 문제에 대해 말하면 같이 울어줄 사람들이 있다는 확인을 받은 것 같았기 때문이다.

아내와 엄마로 사는 사람들의 목소리가 여성의 목소리로 보편성을 가지기 위해서는 개별적인 이야기가 훨씬 더 많이 필요하다. 개인적인 이야기라는 이유로 사소한 불평, 불만, 우울로 폄훼되거나, 묵살되거나, 이유 없는 비난을 받더라도 말이다. 영화 덕분에 나는 개별적인 이야기의 다발이 곧 보편성이라는 것을 이해하게 되었다. 그러니 환영받을지 어떨지 알 수 없는 나의 개인적인 이야기를 기어이 꺼내는 일은, 엄마의 딸이자 딸의 엄마로서 내가 할 수 있는 가장 용기 있는 행동 중 하나일 것이다.

보이지 않는 엄마

매일 저녁 밥상은 어떻게 차려지는가?

이것은 경제학의 근본 질문이다. 교과서에서 배운 그 유명한 애덤 스미스는 식탁에 저녁밥이 올라오는 과정을 푸줏간 주인, 양조장 주인, 빵집 주인의 긴밀한 경제적 공조로 설명했다. 이익을 추구하려는 이들의 욕구가 교환을 통해 충족되었기 때문에 우리가 저녁을 먹을 수 있다는 것이다. 하지만 이 '보이지 않는 손'에 대해 설파한 경제학의 아버지가 간과한 것이 있었다. 그것은 바로 그를 위해 실제로 감자를 깎고 고기를 굽고 매일 밥상을 차려준 어머니의 존재였다. 애덤 스미스는 한 번도 결혼하지 않았고 평생 어머니의 보살핌을 받으며 살았지만, 저녁 식사가 어떻게 식탁에 오르는지를 논할 때 어머니는 전혀 언급하지 않았다.

그의 어머니뿐일까. 푸줏간 주인, 양조장 주인, 빵집 주인이 '경제활동'을 하러 나갈 수 있도록 한 그들의 부인, 어머니, 누이들도 배제되었다. 하루 종일 아이들을 돌보고 청소하고 음식을 만들고 빨래했지만 그 노동의 가치는 언급되지 않았다. 경제의 세계에서는 아주 오래전부터 인구의 절반이 이름 없이 증명되지 않는 존재로 살아가고 있는 것이다. 《잠깐 애덤 스미스씨, 저녁은 누가 차려줬어요?》라는 책을 읽으면서 나는 마거릿 더글러스라는 이름을 처음 배웠다. 그녀는 애덤 스미스의 어머니였다.

"엄마도 일한 적이 있었어?"

아들이 토끼 눈을 하고 나에게 물어본 적이 있다. 학원을 데려다주며 SBS 방송국 앞을 지날 때였다. "아… 나도 옛날엔 저기로 출근하던 때가 있었는데." 내 말을 들은 아들이 엄마가 일을 했었다는 것에 깜짝 놀라 물은 것이다.

"당연하지, 엄마가 뭐 어렸을 때부터 엄마였는 줄 알아? 그리고 엄마는 지금도 일하고 있는 거야. 너네 밥해주는 일, 빨래하는 일, 청소하는 일, 이렇게 학원까지 데려다주는 일. 엄마 없었으면 다 돈을 주고 받아야 하는 서비스야. 내가 지금 너한테 무상으로 일해주고 있는 거야. 완전 공짜."

백미러로 보이는 아들의 미소가 알 듯 모를 듯했다. 하긴 애덤 스미스도 몰라본 엄마의 노동력을 열 살짜리 아이가 알아볼까 싶다. 하지만 알아봤으면 좋겠다. 아이들을 키우는 나에게 바람이 하나 있다면 아이들이 부디 보이지 않는 손보다 보이지 않는 사람을 먼저 배웠으면 좋겠다는 것이다. 그래서 나의 편안함을 위해 생활의 자질구레함을 처리해주는 누군가의 존재를 전혀 당연시하지 않는 훌륭한 어른으로 자랐으면 좋겠다.

내가 아는 H라는 여자가 있다. H는 결혼 후 오랫동안 남편이 운영하는 사업장에서 사무직과 비서 역할을 대신해주었다. 물론 그 회사에 정식으로 고용되거나 월급을 받은 적은 없다. 남편을 돕는 일이 내조의 일환이라 여겼기 때문이다. 그녀는 집에서 시어머니를 모시고 아이들을 키우고 살림을 하면서도 수시로 사업장에 나갔지만 사람들은 그녀를 '전업주부'라고 불렀다.

그녀는 경제관념이 투철했다. 갭 투자 같은 건 할 줄 몰라도 돈 안 쓰는 게 돈 버는 거라 믿으며 평생 자신에게 쓸 1인분의 돈을 아꼈다. 마트 전단지를 꼼꼼히 보고 100원이라도 더 싼 곳으로 발품을 팔아 아꼈고 그렇게 아낀 돈은 살림에 꼬박 보탬이 되었다. 남편의 비정기적인 수입을 관리하고 빠듯한 살림에 쪼개어 저축한 것도, 30여 년간 두 자녀가 독립해 집을 나갈 때까지 매 끼니를 자식들에게 먹이고 살찌운 것도 모두 그녀가 해낸 일이다. 나이가 들어 시간 여유가 생긴 H는 이제 지역사회에서 돌봄 봉사를 한다. 일주일에 몇 번 독거노인들을 찾아가 돌보고 챙긴다. 그 일은 사회에 꼭 필요한, 생각보다 시간과 노력이 많이 드는 일이지만 일이 아니라 '봉사활동'이라고 불린다.

　어떤 사람들은 돈을 받고 하는 일을 무상으로 제공하면서도 그녀는 전혀 억울한 마음이 없어 보인다. 평생 해온 다양한 일로 정신력과 생활력이 강해진 H는 사실상 남편보다도 유능한 노동자다. 하지만 자신의 노동을 한번도 경제적 가치로 환산시켜본 적 없는 그녀는 그걸 모른다. 수시로 봉사활동에 무상으로 참여하라 요구하는 각종 기관과 단체들이 부당하다고도 생각하지 않는다. 돈을 벌고 싶지 않으냐고 물으면 그녀는 "나는 평생 집에만 있어서 할 줄 아는 것도 없고…"라고 말하곤 한다. 모든 것을 했는데 아무것도 안 했다며 자신의 가치를 부정하는 여자는 대체 어떻게 길들여지는 것일까?

H처럼 내가 아는 많은 엄마들은 평생 '일'을 했다. 생활비에 보태려고 파트타임을 하고 가족 사업의 인건비를 줄이기 위해서도 일하고 특히, 평생 고단한 가사 일을 도맡아 했다. 또 아이들과 부모님과 아픈 친척을 돌보고 지역사회에서 봉사활동을 했다. 주위를 둘러보면 어디서나 쉬지 않고 몸을 움직이는 여자들을 볼 수 있다. 어떤 책에서는 전쟁 이후 여자들이 남자의 빈자리를 채우기 위해 일을 시작했다고 하던데, 사실 여자들은 오래전부터 집 안과 사회 곳곳, 주로 밑바닥에서 아주 많은 일을 해왔다. 볼 필요가 없어서 혹은 보기 싫어서 보지 않았을 뿐이다. 최소한의 대가 또는 무상으로도 일하는 이 열정적인 노동자들은 왜 이렇게 철저하게 경제적 인간에서 제외되어온 것일까. 《잠깐 애덤 스미스씨, 저녁은 누가 차려줬어요?》는 경제 이론이 가사노동을 어떻게 매장해왔는지 명쾌하게 설명한다.

"가사노동은 우리가 GDP에 포함하는 다른 많은 것들에 비해 측정하기가 더 어렵지도 않다. 예를 들어, 우리는 농부가 농장에서 생산은 하지만 시장에 내다 팔지 않는 농산물의 가치를 측정하는

데 큰 노력을 기울인다. 가사노동에는 이와 같은 시도가 이루어지지 않는다. 여성의 노동은 측정할 필요를 못 느끼는 천연자원처럼 취급된다. 늘 존재할 것이라 추정하기 때문이다. 여성의 노동은 비가시적이지만 사라지지도 않는 인프라로 간주된다. 캐나다의 국가 통계청에서 무보수 노동의 가치를 계산한 결과, GDP의 30.6~41.4%를 차지하는 것으로 측정되었다. 30.6%라는 수치는 무보수 노동을 보수 노동으로 대체하면 어느 정도의 비용이 들 것인지를 기준으로 계산한 것이다. 41.4%는 가사노동자가 집안일 대신 다른 노동을 했을 때 얼마나 벌 수 있을지를 기준으로 계산한 것이다. 어떤 기준으로 보든 엄청난 수치다."●

"매일 아침 15킬로미터를 걸어가서 식구들에게 필요한 땔감을 모아오는 11세 소녀는 국가의 경제 발전에 큰 역할을 한다. 그러나 한 나라의 총 경제활동을 측정하는 GDP를 계산할 때 그녀는 포함되지 않는다. 경제 성장에도 중요하지 않다. 아이를 낳아 기르고, 정원을 가꾸고, 형제자매들이 먹을 음식을 만들고, 집에서 기르는 소의 젖을 짜고, 친척들의 옷을 만들고, 애덤 스미스가

● 카트리네 마르살, 《잠깐 애덤 스미스씨, 저녁은 누가 차려줬어요?》, 부키, 95쪽

《국부론》을 쓸 수 있도록 돌보는 일은 고려 대상이 아니다. 이 활동 중 어떤 것도 주류 경제학 모델의 '생산 활동'에 포함되지 않는다. 보이지 않는 손이 닿지 않는 곳에 보이지 않는 성이 있다."[**]

아! 이 책은 고등학교 경제 교과서와 함께 세트로 배부돼야 마땅하다. 아이들이 반쪽짜리가 아닌 하나의 온전한 세상을 이해해야 하지 않겠는가. 그러려면 경제 이론을 만들고 폼 나게 경제와 사회를 논하는 반쪽의 사람들 뒤에 천연자원처럼 쓰이는 다른 반쪽의 사람들이 있다는 것을 알아야 한다. 누구보다 열심히 산 나의 엄마가, 옆집 아줌마가, 이모가 어떻게 보이지 않는 투명인간으로 변해갔는지 말이다. 나는 지금, 돈이 종교도 되고 가치 판단의 기준도 되는 이 냉혹한 자본주의 사회에서, 경제적 인간으로 분류되지 못한 절반의 사람들에게 어떤 문제가 생기고 있는지 알아가고 있다. 그동안 보이지 않았던 여자들이 드디어 내 눈에 보이기 시작한 것은 나 역시 보이지 않는 사람이 되었기 때문이다.

[**] 같은 책, 31쪽

더 자유로운 돈

백의의 천사 나이팅게일을 생각
한다. 전쟁의 상처를 껴안은 희생과 봉사의 상징 나이팅게일을.
최근에 나는 내가 지금까지 나이팅게일을 잘못 보고 있었다는
사실을 알게 되었다. 그녀는 작은 등불을 들고 수줍은 듯 눈을
내리깐 얌전한 이미지와는 달리 냉철한 통계학자이자 의료 시스
템을 바꿔놓은 혁명가였다. 현대 질병 분류 체계의 초석이 된 표
준 의료 양식을 만든 사람도 나이팅게일이고, 봉사활동으로 치
부되던 간호사들의 노동이 정당한 보수를 받도록 투쟁한 사람
도 나이팅게일이다. 어릴 때 위인전에서 본, 본디 착하게 태어나

서 희생과 봉사를 하다 늙어갔다는 납작한 서사와 달리 나이팅 게일은 혁신적인 싸움꾼이었다. 그 이야기가 충격적이면서도 반가워 눈이 번쩍 뜨였다. 역사 속에서 얼마나 많은 여성들의 삶이 이렇게 주최 측의 농간처럼 선별되고 각색되어 유통되고 소비되어왔을지 궁금해지기도 했다.

나이팅게일을 보면서 나는 주부들을 떠올렸다. 세상이 바라는 상징적인 이미지와 실제 삶이 다르다는 점이 닮았기 때문이다. 《여성성의 신화》에서 베티 프리단은 보수주의는 사회로 향하는 여성들을 집으로 돌려보내기 위해 매력적이며 행복한 가정주부의 이미지를 만들어냈다고 말했다. '대학에서 마르크스를 읽고 토론하거나 생물학을 공부해서 연구실에 들어가 고생하며 사는 것보다 유능한 남편에게 자신을 맞추고 아늑한 집을 가꾸고 아이를 키우는 것을 행복해하는' 새로운 여성상을 만들어냈다는 것이다.

천국에 인접한 스위트홈을 만들어내는 전업주부라는 캐릭터는 그때나 지금이나 비슷한 것 같다. 세상은 가정주부가 바깥세상의 경쟁에서 벗어나 가족주의의 순수성을 간직한 무해한 사람이길, 지친 남편을 품어주고 아이에게 아가페적인 사랑을 내어주는 사람이기를 바란다. 외향은 단정한 머리에 앞치마를 두르고 미소를 띠며, 내면은 세속적 가치가 아닌 회복과 생명의 에너지로 가득 차 있기를 바란다. 멋진 수식어들이지만 그런 게 진정한 여성의 본성이라고 말하는 보수주의적 신화는 위험하다. 주부들을 특정 여성상에 가둔다는 점에서도 위험하지만, 스위트홈 바깥에서 치열하게 사는 비혼 여성들의 삶을 순식간에 본성을 거스르며 돈과 경쟁, 성취에 눈이 멀어버린 이들로 몰아간다는 점에서도 위험하다. 당연히 여성은 숭고한 천사도, 천국의 문지기도 아니다. 여성성이란 환상 속에 살기에 현실은 녹록치가 않다.

↓

현실의 전업주부로서는, 모성과 희생, 헌신 같은 여성성의 신화보다 훨씬 더 중요하고 긴박한 것들이 많다. 주부가 해결해야 하는 현실이란 그렇게 정신적인 것보다도 지독히 현실적인 생활이 8할이기 때문이다. 그 생활의 대부분은 매일의 재정 상태를 관리하고 생활을 꾸리는 사실상 돈의 영역이다. 직접 돈을 벌건 안 벌건, 규모가 크건 작건, 일반적으로 한 가정의 생활비 예산을 짜고 대출 이자를 관리하고 가족

전체의 소비를 담당하는 게 바로 주부이니 말이다. 그러니 뭣도 모르고 아무 생각 없이 '주부는 남편이 갖다준 돈으로 편하게 먹고사는 사람'이라고 떠들어 대는 이는 얼마나 순진하고 잘 속는 사람인지 모르겠다. 전업주부 자신도 경제적 압박에서 벗어나 가정이라는 온실 안에서 보호받는다고 착각하고 살 수도 있지만, 돈 문제에서 자유로운 주부란 사실상 없을 것이다. 어나더 레벨의 삶은 모르지만 적어도 내가 사는 세상에선 그렇다. 주부들의 괴리감은 여기에서부터 시작하는 것 같다. 돈을 밝히지 않을 수 없는 입장인데 경제적 논의에선 묘하게 배제되고 무시되며 돈에 대한 관심이 지나치면 주제 넘거나, 체면이 상하거나, 스스로 주변에 위화감을 주는 일이라고 생각한다.

기대받는 정서적 존재가 될 것인가, 기대하는 현실적 존재가 될 것인가. 전업주부인 나는 둘 사이의 균형을 잡으며 줄타기를 하고 있다. 물론 내가 세상에 하는 기대보다 세상이 나에게 하는 기대가 훨씬 명확하기 때문에 균형 잡기는 생각보다 많은 힘이 든다. 경제적 인간 따위, 안 되면 어때. 이런들 어떠하리 저런들 어떠하리 그냥 순응하며 편히 살고 싶은 생각도 때때로 든다. 레이스 앞치마를 두르고 미소 짓는 건, 지금의 내가 충분히 잘할 수 있는 일이기 때문이다. 그래서 더욱이 나이팅게일의 교훈을 생각하게 된다. 정서적 존재와 현실적 존재, 어느 쪽이 나를 실제로 발전시키는가. 내가 정말로 원하는 보상은 어느 쪽인가. 나는 요즘 현실의 다른 말인 돈에 대해서 자주 생각한다.

소비를 담당하는 우리는 자신의 소득이 없을지언정 돈에 대한 올바른 정보와 태도를 배우고 정립해야 할 필요가 있다. 그렇지 않으면 아무리 평생 한 가정의 소비를 맡아서 운영해봤자 언제까지나 대리 소비자로만 남는다는 사실을 겪고서 알게 되기 때문이다. 그런 의미에서 나는 주부들이 누구나 경제를 배우고 모이면 돈 얘기를 하는 게, 애들 얘기하고 반찬 걱정하는 것만큼 자연스러워져야 한다고 생각한다. 사방 천지에 널린 주부 요리교실만큼 주부 경제 교실이 흔해져야 한다고 생각한다.

여성을 집으로 돌아가게 하는 여성성의 신화에 대한 경고는 지금 이 시대를 사는 나에게도 유효하다. 그렇다면 어떻게 해야할까? 아이러니하게도, 또는 감사하게도 그 방법은 이미 위의 보수주의자들이 친절하게 알려주었다. 그들의 제안을 반대로 하면 될 것이다. 여성성 신화의 반대쪽 볼륨을 키우면 균형은 자연스럽게 조절될 테니까.

즉, 유능한 남편에게 자신을 맞추고 아늑한 집을 가꾸고 아이를 키우는 것에 행복해하는 것보다, 정치·경제 관련 책을 읽고 공부하고, 공동체에서 사회문제를 토론하고, 사회에서 자신이 맡은 일을 하는 주부들이 많아지면 된다. 우리를 사회로부터 격리시키는 온실 속에서 나와 자신의 힘으로 정보를 축적한다면, 가정의 실체가 보이기 시작할 것이다. 가부장제가 그토록 생색을 내는 가정이라는 울타리가 그저 나뭇가지로 그어놓은 바닥의 삐뚤빼뚤한 금 정도라는 사실을 말이다. 그러면 울타리 안의 공기가 쾌적해질 것이고, 머지않아 자연스럽게 울타리 안에 머무는 존재에게 강요되는 가치 이상의 가치를 원하게 될 것이다.

그 가치란 무엇일까? 물론 나도 모른다. 그래서 알고 싶다. 그게 무엇이건 그것은 결혼도 하고 아이도 낳고 살아본 성숙한 여자 어른이 추구하기에 훨씬 더 당연하고도 즐거운 목표임이 틀림없을 것이다.

아름다움이 나를 멸시할까 봐

마스크와 한 몸처럼 산 지 1년이 넘어가는 지금, 알게 된 유용한 사실이 있다. 바로 화장하지 않아도 괜찮다는 것이다. 성인 여자로 산 20년 동안 나는 당연히 화장이 필수인 줄 알았다. 여자의 생얼은 민폐라는 둥 얼굴이 예의가 없다는 둥 흉흉한 말이 농담으로 통했던 시절에 이십 대를 보낸 탓이다. 생각해보면 이상한 일이다. 여자들이 스무 살을 기점으로 갑작스럽게 화장에 대한 태도를 바꿔야 한다는 게 말이다. 학생일 때엔 화장하면 발랑 까졌다고 훈계하고 맨얼굴이 제일 예쁘다고 하던 사람들이 해가 바뀌어 성인이 되자마자 여자가 화장을 안 하면 매너가 없다고 나무랐다. 그뿐인가. 외모를 가꾸지 않으면 비하하면서 동시에 외모가 뛰어나면 그녀의 능력을 의심한다. 뭘 어쩌라는 건지.

어쨌든 그런 이상한 환경에서 반항 없이 어른이 되어선지 꾸밈은 곧 여성성이라는 고정관념이 생겼다. 아름다움을 가꾸는 건 어른 여자로서 누리는 특권이자 혜택이자 의무라는 생각이 굳어졌다. 연애와 사랑에 관심 많았던 이십 대엔 말할 것도 없고, 일을 시작하고 결혼한 후에도 여성임을 표현하는 의미로 화장을 빼먹지 않았다. 어쩌면 꾸밈은 결혼 후에 더 중요해졌다. 잡지 같은 데에서는 남자와 남편을 사로잡는 비법으로 지치지도 않고 시각적 자극을 강조했다. 나도 시력 좋은 눈이 있건만, 부부 관계가 늘 신선하기 위해선 아내가 시각적 자극을 제공해야 한다는 주장만 듣고 살았다. 그 말이 이상하다는 생각을 왜 못 했는지 모르겠다.

드라마에서는 후줄근한 아내와 살던 남편이 바깥에서 만난 화려한 여자와 바람피우는 모습을 하나의 공식처럼 보여준다. 자신을 꾸미지 않고 한두 푼이라도 악착같이 아끼는 주부의 모습은 그저 궁상맞게만 그려진다. 그리고 버림받았던 아내가 어찌어찌 성공하고 새 연애를 하거나 복수를 시작하면, 그녀의 외향은 눈에 띄게 환해지고 아름답게 변해 있다. 아름답고 화려한 여자와 그렇지 않은 여자는 마치 행복과 불행의 대변인처럼 그려진다. 이런 식으로 여자의 가치를 바깥에다 두고 꾸밈의 강박을 장려하는 메시지는 공기처럼 내 주변에 늘 있었다.

여자로서 아름다워지고자 하면 할 일이 참으로 많다. 쿨톤인지 웜톤인지에 따라 어울리는 메이크업을 배워야 하고, 피부는 잡티 없이 매끄럽게, 머릿결은 부드럽게 가꿔야 한다. 살이 쪄서도 안 되고, 건강한 근육도 길러야 한다. 제모도 하고 성형도 하고 식단 조절도 해야 한다. 노화는 최대한 늦춰야 하고, 속부터 생기 있게 가꿔준다는 이너뷰티 영양제도 챙겨 먹어야 한다.

요즘 시대에 외모로 사람을 비하하거나 무시하는 건 상식적으로 교양 없는 일이다. 그러나 그에 비해 아름다움을 찬양하는 건 전혀, 괜찮아 보인다. 입이 떡 벌어지게 격한 운동을 하고 다이어트를 하는 게 성실한 자기 관리로 평가된다. 혹독하게 자신을 조이는 것을 두고 대단하다, 존경한다, 닮고 싶다는 사람들이 정말이지 너무나 많다. 사실은 나도 비슷한 처지이다. 앱으로 찍은 사진인 걸 알면서도 예쁘다고 감탄하고, 세월의 중력을 거슬러서 아무래도 자매 같아 보이는 모녀에게서 눈을 떼지 못한다. 아예 눈을 감고 살지 않는 이상 아름다움의 홍수는 때와 장소를 가리지 않고 나타난다. 제일 괴로운 것은 아이들조차 아름다움을 평가하도록 길들여진다는 사실이다. 자랑스러운 엄마가 되는 것에는 외모 관리의 압박도 포함된다.

"언니, 나도 예전엔 말랐었어, 이거 임신 중독 때문에 갑자기 20킬로그램 찐 거잖아!"

몇 년 전에 알고 지내던 이웃 S는 정이 많고 성격이 화통했다. 몸집이 큰 그녀가 지나가면 사람들이 노골적으로 쳐다보는 일이 많았는데 그녀는 별로 개의치 않아 보였다. 옷을 살 때 빼곤 별로 불편하지 않다고 웃어넘기는 그녀가 당당해 보여서 좋았다. 그런 S가 어느 시점부터 급격히 우울해했다. 바로 아이가 유치원에 들어가면서부터였다. 엄마가 뚱뚱해서 창피하니까 절대로 유치원에 오지 말라고 아이가 말했다는 것이다.

S는 당시 임신 중이던 나에게 '언니는 절대 나처럼 되면 안 된다'고 몇 번이나 말했다. 임신 중독이 마음대로 되는 일도 아니고, 자기 탓도 아니지만 그래도 조심하라고 했다. 아이에게 미안해서 다이어트에 성공하겠다고 눈물을 흘리는 그녀를 보면서 나는 엄마라는 극한 직업에 대해서 생각하게 되었다. 출산과 살은 사실 세트다. 그런데 왜 여자는 출산 후 반드시 다이어트에 성공해야 하고 그 살을 빼지 못하면 한심한 여자, 자기 관리가

안 되는 여자가 되는지 모르겠다. 게다가 사람들은 출산 후 여자가 몸이 퍼지면 남자가 바람을 피운다는 식의 말을 아무렇지 않게 농담처럼 한다. 남자들은 결혼하고 살이 찌면 집에서 잘 먹나 보다, 와이프가 잘해주나 보다, 마음이 편한가 보다, 하고 좋은 말을 해주면서 말이다.

생각해보면 여자로 사는 삶에는 어떤 식으로든 외모 평가가 있었다. 상황에 따라 맥락에 따라 느낌이 다를 뿐이었다. 예컨대 "아가씨가 왜 이렇게 안 꾸미고 다녀요?"라는 말을 들으면 기분이 나빴고 "애 둘 엄마가 어쩜 이렇게 세련되게 하고 다녀요?"라는 말을 들으면 그렇지 않았다. 하지만 그 둘은 사실 맥락이 같았다. 임산부로 안 보여요, 애 엄마가 너무 예뻐요, 하는 말은 칭찬처럼 쓰이지만 사실은 엄격한 평가이자 압박이다. 그런 말을 지금의 나는 다른 여자들에게 안 하려고 의식적으로 노력한다. 예쁨이 여자의 의무도 권력도 아니길 바란다.

아름다움을 사랑하는 건 본능이라지만 아름다움의 기준은 삶의 주기를 고려하지 않는 데다 다분히 편파적으로 보인다. 대체 언제 누가 설정한 기준인지 따져 보게 된다. 그 난이도로 봐서는 절대 여성 본인이 설정한 게 아닌 건 분명하다. 훌륭하진 않아도 성실하게 엄마 몫을 하고, 살림 펑크 안 나게 하는 데만도 하루가 꼬박 들어가는데 외모까지 가꾸어야 한다면 너무나 가혹하다. 튼튼한 허리와 팔 근육으로 아이를 거뜬히 안고 보듬는 엄마의 강인한 아름다움은 한 줌 허리와 꼬챙이 같은 팔뚝의 아름다움보다 하찮지 않다.

다행히도 나는 나이가 들수록 아름다움의 물결에서 밀려나고 있다. 내 외모에 대해 이러쿵저러쿵 참견하는 사람이 줄어드는 게 이제 편하다. 외모 지상주의를 꾸짖는 특별한 의식이 생겨서가 아니라 단지 너무 지치고 피곤해졌기 때문이다. 나는 점점 아름다운 사람보다는 아름다움에 초연한 사람이 되고 싶어진다. 비록 반평생 꾸밈이 세뇌된 의식은 전환이 느리지만 말이다.

그런 의미에서 마스크는 나에게 약간의 쉼을 주었다. 보이기 위한 꾸밈 노동으로부터 잠시 해방시켜줬다. 아무것도 바르고 칠하지 않아도 싫은 소리를 안 들을 수 있는 권리와 원하는 방향으로 원하는 만큼만 가꿀 수 있는 자유를 허락했다. 나는 꾸밈 노동에 들이던 시간을 아껴 다른 일에 쏟았다. 마스크는 코로나가 내게 준 유일한 좋은 점이었다. 마스크로 얼굴을 가리면서 일상은 쪼그라들었는데 이상하게도 나의 관심과 활동은 더 넓고 깊어졌다. 오랫동안 제대로 해보고 싶은 일을 찾았고 일생의 숙제 같던 글쓰기를 시작했다. 이건 그냥 우연일까? 지랄 총량, 아니 에너지 총량의 법칙과 연관이 있는 건 아닌지 모르겠다. 또한 마스크로 얼굴을 가리니 누군가를 만날 때 성격은 오히려 적극적으로 되었고 자신감도 더 생겼다. 내심 놀라운 발견이었다.

이런 의문도 생긴다. 만약 스무 살 때부터 꾸밈 노동의 시간을 절약했다면, 혹시 나는 지금과는 다른 무언가를 이룬, 지금과는 다른 사람이 되었으려나? 흠… 지나간 시간은 어쩔 수 없으니 지금부터라도 그 가설을 실험해봐야겠다.

살림과 요리의 마지노선

올해 연말에는 특선 요리를 준비하지 않았다. 특선 요리라면 내가 매년 크리스마스와 연말에 가족들을 위해 준비하던 디너 코스 요리이다.

내 인생에 요리라는 개념이 생긴 건 결혼 후 주부가 된 이후부터였다. 다른 선택권이 있었다면 시작하지 않았을 관심이지만 그럼에도 나는 요리를 적성이라고 해도 좋을 만큼 좋아하게 되었다. 아마도 요리는 내가 집 안에서 하는 가장 창의적이고 생동감 넘치는 활동일 것이다. 식재료의 색과 향을 손으로 만지고 재료를 조리해 완전히 다른 형태로 만들어내는 작은 성취들이 매일 주방에서 이루어졌다. 요리는 스스로 먹을 것을 마련한다는 원초적인 기쁨에 닿아 있고, 아이를 먹이고 살찌우며 생명에 직접 관여하는 경이로움이기도 하다. 그리고 이왕이면 보기 좋게, 음식을 예쁘게 플레이팅하는 게 좋다. 맛있거나 예쁜 요리를 하는 것은 나에게 의미 있는 활동이고 유능한 주부임을 인증받는 도구였다.

그런데 이 책을 쓰면서 한시적이지만 살림하는 사람에서 쓰는 사람으로 자리를 옮긴 나는, 재능이나 노력도 아닌 시간이 가장 시급하게 필요했다. 일단 쓸 시간을 확보하기 위해 어디에선가 시간을 빼와야 했는데, 그 첫 번째 타깃이 필요 이상으로 공들이는 요리였다. 요리 사진만 올리던 SNS 계정이 급격히 조용해졌다. 그다음으로는 인터넷 서핑과 드라마 시청이 사라졌다. 점점 글쓰기가 일상보다 훨씬 흥미로워지면서 구조 조정의 범위가 넓어졌다. 워킹맘들이 일과 살림을 양립하기 위하여 고심하며 무게를 달아보고 추를 옮기는 일을 나도 드디어 시작하게 된 것이다.

그리고선 깨달았다. 요리가 가장 창의적인 일이라는 생각은 다분히 상대적인 것이었다. 가질 수 없어서 그렇지 더 창의적인 시간을 가질 수만 있다면 딱히 미련 따위는 없는 일이었다!

냉장고가 텅 빈 어느 날, 저녁 한 끼를 만들고 치우는 데까지 걸리는 시간을 재어보니 딱 세 시간이 걸렸다. 밥을 안치고, 반찬 세 가지를 만들고, 국을 끓이고 상을 차려 다들 먹기를 기다렸다가 치우고 설거지까지 끝내는 데에 걸린 시간이었다. 내 손으로 만든 따뜻한 집밥이냐, 추가로 일할 수 있는 세 시간이냐. 나는 망설임 없이 글 쓰는 시간을 얻기로 했다. 10년 동안 고수하던 매일 집밥을 한다는 원칙을 내려놓고 때때로 반찬을 사 먹고 배달 음식을 이용하기 시작했다. 헬렌 니어링의 조언에 따라 30분 이내에 준비할 수 있는 것을 먹기로 했다. 그렇게 해도 뒷정리까지 하면 한 시간이 걸리지만 그만해도 큰 발전이었다.

　죄책감에서 자유로워지는 데에는 시간이 꽤 걸렸다. 겨우 밥 한 끼에 죄책감 운운한다고 놀랄지도 모르겠다. 전업주부인 나의 삶에는 사방에 지뢰처럼 죄책감의 버튼이 숨어 있다. 작은 자극에도 버튼이 눌리면 뿅 하고 죄책감의 팝업창이 뜬다. 무엇보다 엄마로서 아이들 먹을거리에 신경 써야 한다는 압박은 늘 어딘가에서 받고 있다. 그러자니 직접 장을 봐서 음식을 하지 않는다고 해도 신경 쓸 것이 없는 건 아니다. 반찬 가게나 배달 음식점에서 좋은 재료를 쓰는지, 위생이 청결한지 확인하는 것도 나의 몫이다. 먹고 난 후에 쌓인 쓰레기를 버리는 것도 나다. 그러니까 집밥이건 배달 음식이건 무엇을 먹든 간에 '먹는다'는 중차

대한 반복 행위의 책임자이자 실무자는 늘 나인 것이다. 그렇게 따지면 내가 버는 시간은 세 시간이 아니라 한 시간 정도일지도 모른다. 그리고 비용은… 더 든다. 다시 한번 죄책감이 든다.

알고 보니 집밥을 내려놓는 것에는 여러 가지 복잡한 역학 관계가 있었다. 단순히 저울에 올려 무게를 재고 끝내기엔 얽힌 것이 너무 많다. 특히 집밥에는 지나치게 많은 의미가 부여되어 있다. 이를테면 모성과 정성, 여성성과 가정, 따뜻함과 추억과 심지어 영혼 같은…. 그동안 이것들을 이고 지고 살았다는 것을 새삼스럽게 깨닫자 그것이야말로 참으로 부담스러운 일이었다.

엄마는 평생 아빠의 밥시간에 매여 살았다. 주중이건 주말이건 오랜만에 친구들 모임에 갔건 밥 시간이 되면 엄마는 아빠 밥을 주러 돌아왔다. 엄마가 없는 날엔 딸인 내가 그 일을 대신했다. 엄마는 나이가 들어서도 여전히 밥에 매여 살았다. 하루 이틀 집을 비워야 할 때도 며칠 정도는 부족하지 않게 먹을 음식이나 식단을 미리 짜놓고 나왔다. 유난스러워서가 아니라 내가 아는 한, 그게 일반적인 중년 주부의 중요한 일과였다. 국민의 절반이 평생 '오늘은 뭐 해 먹나?'의 고뇌를 매일 반복하는 셈이다. 어떤 사람들은 평생 제 손으로 밥 한 번 짓지 않고 빨래 한 장 개지 않지만 사회와 정치를 논하며 미래를 사는 반면, 어떤 사람들은 늘 밥이라는 현재 시제를 위해 같은 시간에 같은 자리로 돌아온다. 나는 그것을 아주 어릴 때 눈치챘다. 밥시간 조기 교육을 받은 셈이다.

끼니 마련에 걸리는 시간을 절약하기로 한 후, 나의 남편은 눈치는 있어서 집밥이 어떻고 저떻고 하는 말은 일절 하지 않았다. 배달을 시키든 반찬을 사 먹든 상관하지 않았다. 그러나 그게 최대한의 협조일 뿐 그이 역시 자신이 직접 끼니를 챙기는 주체일 수 있다는 생각은 해본 적이 없는 것 같다. 밥이란 원래 누군가가 차려주는 것이라고 믿어 의심치 않는 듯하다. 그 똑똑한 사람이 밥에 대해서만큼은 최대한으로 무지하고 수동적으로 군다. 그런 그를 보며 나는 연민인지 짜증인지 모호한 감정을 느낀다.

'남자들은 원래 혼자 밥을 잘 못 챙겨 먹는다'는 말이 농담이 아닌 상식으로 받아들여지는데, 과연 그런가 하면 그렇지도 않다. 나는 가끔 주변에서 밥 챙김의 의무를 놓은 중년의 여자들을 본다. 놓았다기보다는 참았던 울화가 화산처럼 터져 모든 걸 때려치운 것에 가까웠다. 어쨌거나 그러면 신기하게도 남편들은 그런대로 다들 먹고 살긴 하는 모양이었다. 당연한 일이다. 안 해주면 어떻게든 해 먹고 살 텐데, 안 해주는 일이 어려운 것이다. 안 해주면 안 될 것처럼 자기 자신을 포함한 온 우주가 주장하고 있는데 왜 안 그렇겠는가. 나를 보아도 그렇다. 끼니를 차리기 위해 그저 앱을 열고 음식을 고르고 주문한다고 해도 그 일은 대부분 나의 일이다. 온 우주가 바라는 대로 자연스럽게 그 일을 내가 맡고 있다는 것을 알아챈다.

나는 거의 저녁마다 묻는다. "뭐 먹을까?"

남편은 늘 말한다. "아무거나."

나는 이 말이 재미있다고 생각한다. 정말로 아무거나인가 하면 전혀 그렇지 않기 때문이다. 특별히 먹고 싶은 건 없다면서 '이건 밥이 아니다'라고 하는 것들이 수두룩하다. 나는 아이들도 남편도 없이 혼자 먹는 끼니가 전혀 두렵지 않다. 왜냐하면 나는 그야말로 정말 무엇이든 아무거나 먹을 수 있기 때문이다. 어제 먹다 남긴 볶음밥, 고기 없는 양배추 쌈밥, 물에 만 밥에 김치. 그 모든 것이 나에게는 충분하고도 훌륭한 한 끼가 된다. 고구마 하나와 달걀 하나, 셀러리 몇 조각도 훌륭한 다이어트 식단이다. 그런데 아무거나 라고 말하는 남편은 그렇지 않다. 나 역시 어째서인지 나에게는 밥이 되는 많은 것들이 식구들에겐 밥이 아니라고 생각했다. 나 혼자 먹을 때나 대충 때워 먹지, 그래도 식구들에겐 제대로 된 음식을 먹여야 한다고 생각했다. 이것이 바로 주부들이 살림과 밥에 대해 느끼는 부채감이 아닐까 싶다. 터무니없이 치솟는 엥겔지수의 원인이기도 하고.

밥 얘기만으로도 이렇게 긴 글을 쓸 수 있지만, 사실 밥 문제는 애교이다. 앞으로 내가 워킹맘이 된다면, 저울에 달아야 할 것들이 까마득하게 줄을 서 있다. 한때는 100점짜리 현모양처를 바라고 꿈꾸던 나였다. 그런데 10년이 지나 이제 막 걸음마를 뗀 워킹 주부가 되고 깨달은 것은, 평균 60점의 적당한 살림이 사실은 고수의 살림법이라는 것이다. 뭘 더 잘하는가가 중요한 게 아니라 뭘 덜 할 수 있는가가 관건이다. 살림의 기준을 획기적으로 낮춰야 한다.

크리스마스까지는 잘 넘겼는데, 12월 31일에는 왠지 허전한 마음을 이길 수 없었다. 크리스마스마다 꺼내던 빨갛고 반짝이는 그릇들을 그릇장 안쪽에서 꺼냈다. 그리고 그릇에 배달 음식을 예쁘게 옮겨 담았다. 설거짓거리가 기하급수적으로 늘어나는 순간이었지만 감당하기로 했다.

"올해는 연말이 너무 조용히 지났네." 내가 말했다. 그러자 놀랍게도 남편은 눈이 물음표가 되면서 "그동안은 어땠는데?"라고 물었다.

"어땠기는, 전에는 맛있는 것도 더 많이 해 먹고 그랬잖아."

남편은 처음 듣는 말이라는 듯이 "그랬나?"라고 말했다. 아⋯

'먹고사니즘'에 무심할 자유를 누려온 자의 순진무구한 얼굴이라니! 그 선량한 얼굴을 보고 있으니 집밥이 추억이니 사랑이니 하는 말은 다 뻥이라는 것이 분명해진다. 얻어먹는 자들에게 밥은 그저 밥일 뿐일지도 모른다.

집에 모여 정성스럽게 차린 밥 한 끼를 먹는 시간이 가족들에게 소중한 추억이 될 것이라고 믿고 싶지만, 정작 그들이 나, 그러니까 엄마의 취미가 바로 요리라는 식으로 말할 때면 그저 피식 웃음이 나온다. 엄마가 자기 시간을 갈아 밥에 넣었다고 생각하면 더부룩할까 봐 그런가. '엄마는 요리가 취미인 사람'이라고 말하면 당신들의 속이 좀 편하신가. 가족 여러분들아, 내 취미는 요리가 아니랍니다. 내 취미는 독서야. 의사가 수술 열심히 잘한다고 수술이 취미라고 말할 수는 없잖아. 여보, 당신도 회사 가는 게 취미는 아니지 않아?

다시 한번 깨닫지만 집밥에 대한 환상과 의미를 만들어 유포하는 사람과 정작 그것이 필요한 사람, 그리고 그것을 평생 해내는 사람은 결코 동일 인물이 아님이 분명하다.

여돌여의 세계

　　　　　　　　　　　　이제까지 모든 나의 가치를 두고 헌신해온 전업주부라는 역할에 이해하기 어려운 비합리성이 깃들어 있다는 사실을 스멀스멀 깨닫자 급격히 외로워졌다. 쏟아지는 의문들을 풀어내고 싶었지만 알다시피 의문은 불평이나 불만이라는 형태와 쉽게 구별되지 않기 때문에 주변과 쉽게 나눌 수 없었다. 또 알다시피 세상에는 다른 경제활동 없이 집에서 살림하는 여자를 두고 여전히 놀고먹는다는 표현을 쉽게 쓰는 이들이 존재하고 있어서, 주부생활의 어려움을 이야기하려다 오히려 상처를 받곤 했다. 전업주부에 대해 함부로 이야기하는 모든 사람들에게 악의가 있는 것이 아님은 알고 있다. 하지만 그렇다고 해서 그들을 쉽게 이해시키거나 설득할 수 없다는 것도 알게 되었다.

나는 수많은 전업주부 중 한 명이지만 앞서 말한 이런저런 이유로 너무 외로웠고 외로울 예정이었다. 그래서 주야장천 읽던 육아서나 살림책 대신에 다른 책을 꺼내어 읽기 시작했다. 주로 여성 작가들이 쓴 책이었다. 밥에 뜸을 들이면서 한 페이지, 아이들이 저희들끼리 놀 때 두 페이지, 관심 가는 방향을 따라 마음속에 책을 쌓았다.

외로움에서 허우적댈 때, 책은 거의 유일하고 확실한 비상구가 되어주었다. 문학에서 여성 작가와 여성에 대한 이야기는 사소설이라는 꼬리표가 붙어 주류에서 밀려나 잘 보이지 않았다. 그런데 비상구를 열고 나가니 여성이라는 키워드의 문학 세상이 작고 선명하고 비밀스럽게 존재하고 있었다. 그들이 남긴 글은 어딘지 모르게 서로에게 보내는 편지 같은 데가 있었다. 보물찾기처럼 좋은 책 안에 또 다른 좋은 책의 목록이 있었고, 그 책들은 마치 생명체처럼 서로 보완하고 부연 설명하는 친구들 같았다. 여성으로 살고 싸우고 살아남는 이야기는 시대와 국경을 초월해서 놀랍도록 비슷했다. 여성들은 여성이라서 얻게 되는 온갖 제약과 의무로부터의 자유를 갈구했고, 그로 인한 좌절에서 오는 분노와 외로움을 적었다.

여성의 이야기는 곧 사회적 약자의 이야기와 맥을 같이한다. 우리는 종종 잊어버리지만 사실 여성이 남성과 같은 인간으로 인정받은 건 불과 몇십 년 전 일이다. 예컨대 서독의 기혼 여성은 1957년까지 남편의 허락 없이 집 밖에서 일할 수 없었다. 미국의 기혼 여성은 1960년대까지 남편의 허락 없이 계약을 맺을 수 없었고, 스위스의 여성은 1971년까지 연방법상 투표할 권리를 얻지 못했다.

여성은 아직도 사회적 약자다. 전 세계적으로 남녀의 임금 차이는 심하고 여전히 정치적 결정권자의 절대다수도, 기업 임원의 대다수도 남자이다. 많은 나라에서 결혼을 하면 여성의 성은 남성의 성을 따라 바뀌고, 지구 어딘가에는 명예 살인이 남아 있으며 조혼을 강요당하는 여성들이 있다. 강간과 살인의 피해자는 여성이 압도적으로 많다. 때로 같은 범죄에 대해 법의 판단은 남녀 성별에 따라 달라지기도 한다. 이런 객관적인 팩트를 직시하는 것만으로도 나는 시원한 기분이 들었다. 더 이상 구조적 성차별은 없다는 안일한 말에 휘둘리지 않을 수 있었다. 그리고 기대보단 많이 느리지만 이런 여성들의 목소리들 덕분에 서서히 세상이 진보해왔다는 실감이 났다.

　여자로 사는 데에 의혹을 느끼는 사람이나, 진지한 이야기를 오랫동안 나누고 싶은데 주변에 그럴 친구가 없는 사람이라면, 반드시 책을 읽으라고 권해주고 싶다. 책 속에는 멋진 친구들이 넘쳐난다. 그들은 힘든 경험을 기꺼이 나누고 어떻게든 나를 도우려고 한다.

　　　　　　　　　　　책을 읽어나가면서 나는 여자의 적은 여자라는 말이 순 거짓말이라는 것을 알게 되었다. 여자를 의존적이고 질투하고 배신하는 존재로 대상화하는 콘텐츠들에 익숙했지만, 새로 알게 된 역사 속 이야기는 달랐다. 여성들은 연대하고 서로를 돕는 일에 적극적이다. 심지어 놀랍게도 인류 최초의 노조는 여성 조직이었다고 한다. 나의 경험을 돌아봤다. 세상엔 남녀불문 이상한 사람도 많고 때론 누군가와 경쟁하고 다투지만 그것이 여자인 것과는 무관했다. 오히려 위기의 순간 기꺼이 시간과 마음을 내어주는 여자들을 지하철에서, 공원에서, 길에서, 교실에서 많이 목격했다. 다친 길고양이를 구해줄 때, 길에서 쓰러졌을 때, 술 취한 아저씨가 욕할 때 다가와서 말을 걸어주고 도와준 것도 생각해보면 여자들이었다.

여자가 나를 위협하거나 이유 없이 모욕한 적은 적어도 지금까지는 없었다. 내가 관찰해본 바에 따르면 세상은 '여적여'가 아니라 '여돕여'에 가깝다. 이유가 선천적인 것이든 후천적인 것이든 나는 여성들로부터 공감과 이타주의, 배려 같은 덕목을 나눠받으며 따뜻하게 살아왔다. 그렇기 때문에 어째서 여적여의 프레임이 만들어졌는지 의아했다.

여자의 적이 여자가 되는 경우도 물론 있다. 이를테면 시집살이를 심하게 한 여자가 같은 방식으로 며느리를 학대하는 경우, 본인도 여자이면서 출산과 육아로 인해 업무에 지장을 받는 여자들을 앞장서서 비난하고 몰아세우는 경우일 테다. 그러나 그것은 여자가 여자를 공격한다기보다는 약자로서의 여자를 공격함으로써 강자의 편에 서고 자기위안을 얻으려는 행위로 이해하는 게 옳을 것이다. 사실은 대단히 정치적이고 사회적인 문제인데 사람들은 이를 그저 여자와 여자의 갈등으로 규정하고 가십처럼 소비하기를 즐기는 것 같다.

책 무더기 속에서 여돕여의 세계를 발견하자 나는 한결 세상이 살 만하게, 가볍게 느껴졌다. 나의 고통과 즐거움을 공감해주고 이해해주는 친구의 존재란 얼마나 소중한가. 그런 친구가 있다는 건 얼마나 즐거운 일인가. 나는 곧 온라인과 오프라인에 실제로 여성 공동체가 많다는 것도 알게 되었다. 그중에 소개하고 싶은 하나는 '언니 공동체(이하 언공으로 줄임)'이다. 언공은 오소희 작가가 만든 온라인 카페로, 그곳에서는 모두가 서로를 '언니'라고 부른다. 오소희 작가가 바로 내 언니가 되는 완전 신나는 곳이다. 여느 카페처럼 소통과 공감을 나누기도 하지만 언공의 진짜 의미와 매력은 활동에 있다. 책《엄마의 20년》에서 소희 언니는 "우리가 '나'만의 활동을 하고 나만의 세계를 가꾸기 시작하면, 우리는 가정에서 분리된 자아를 지닐 수 있게 됩니다"라고 썼다. 그 활동을 위해 만들어진 공간이 바로 언공 카페이고, 그 안에서는 수천 명의 언니들과 무엇이든 함께 할 수 있다. 지금도 노래하고 그림 그리고 글 쓰고 공부하는 가지각색의 활동이 생겨나고 이어지고 있다. (나는 주로 글 쓰는 언니인데 앞으로는 운동도 하고 그림도 그리고 싶다)

나는 그런 공간과 활동이 있다는 것을 아는 것만으로도 자기 치유의 힘을 얻을 수 있다고 생각한다. 왜냐하면 내가 그랬기 때문이다. 할 수 있는 것이 별로 없고, 인생이 너무 뻔하고, 왠지 게임에서 진 것 같은 패배감과 자조와 우울이 눅눅하게 스며들

때, 나를 끌어올려줄 수 있는 것은 다른 누군가의 손뿐이다. 그 손은 책 속에도 있고 건강한 공동체에도 있다. 언공은 버지니아 울프가 말한 자기만의 방이 시대에 맞게 온라인에 만들어진 것 같기도 하다. 그곳은 눈치 보지 않고 놀 수 있는 놀이터이자 들 어가 누울 수도, 울 수도 있는 자기만의 방이 가득한 곳이다. 임 대료 없고 친절한 이웃이 많은 환상적인 마음의 공동주택이다.

⌄

　　　　아내로 엄마로 충실히 살아내느 라 가정과 가족만을 향했던 시선을 조금만 돌려보면 어떨까. 개 인주의가 팽배한 시대라지만 사람은 누구나 다양한 집단에 속 해 있다. 나로 말하자면 여성이고, 글 쓰는 사람이고, 창업하고 싶은 사람이고, 책을 좋아하는 사람이며, 교육과 봉사활동에 관 심이 많은 사람이다. 좋아하는 것이 있다는 건 곧 내가 소속될 수 있는 공동체가 어딘가에 있다는 의미이다. 내가 남들 앞에서 나를 정의할 수 있고 나의 관점들을 공동체로 승화시킬 수 있을 때 그만큼의 힘이 더 생기는 것과 같다. 서로에게 응원과 지지를 보내줄 수 있는 사람들을 찾아낼수록 여자인 우리는 더 강해진다. (우리는 하나라는 식의 공동체가 아니라 각자 자신의 목소리를 내도록 격려하는 안전한 공동체가 필요하다)

가정이라는 안락한 스노볼을 열고 나오면 비로소 바람이 불고 꽃이 피고 때로는 눈도 내리는 풍경 속에 서 있을 수 있다. 나는 충분히 그 풍경을 다 누리고 살 만한 사람이라는 것을 알아간다. 시인 메리 올리버는 〈완벽한 날들〉에서 "세상은 우리의 깊은 관심과 소중히 여김의 소용돌이와 회오리 없이는 만들어질 수 없다"라고 썼다. 전적으로 공감한다.

여성으로 사는 것은 어렵고 까다로운 일인 한 편 흥미로운 일이다. 손 닿는 곳에서 여돕여의 세계를 찾아 당당하게 누릴 수 있다면 말이다.

내가 번 돈이 나를 구할 것이다

　　　　　　　우연히 관심이 생겨 한식 디저트를 배우기 시작했다. 그때의 마음은 단순하게도 아름다운 것을 만들고 싶어서였다. 한식 디저트를 담은 몇 장의 사진을 본 뒤로 그 복잡하고 정교한 모양새와 요란하지 않으면서도 화려한 색의 기품에 완전히 반해버리고 말았다. 정과, 다식, 유밀과, 주악, 한과… 이름은 생소하지만 결혼식 폐백 때 본 기억은 있었다.

　한식 디저트는 그냥 그런 달콤한 디저트가 아니었다. 흔하지 않아서 비밀스럽고 의미가 있고, 중요하고 귀했다. 한식 디저트란 '널리 사랑받지는 않지만 분명히 존재하는 데다 없어서는 안 되는 것'으로 나만의 정의를 내렸다. 요원하지만 언젠가 내가 되고 싶은 모습이기도 했다. 너는 복잡하고 비싸고 잘 변하고 음식으로서 약점이 이렇게 많은데도 전혀 부끄러워하지 않는구나. 도도하고 당당하구나. 음식을 상대로 왜 그런 마음이 들었는지는 모르겠지만 나는 어떻게 하면 이렇게 될 수가 있나, 감탄하고 탐구하는 마음으로 한식 디저트 사진을 수시로 들여다보았다. 사랑에 빠졌다는 표현이 어울릴지도 모르겠다.

우리의 전통 음식이 다 그렇듯이 전통 디저트도 계절과 자연을 담고 있다. 계절마다 제철 식재료들로 딱 그때에 만들어야 하는 것들이 있다. 찬바람이 나면 자연스럽게 생강을, 홍옥을 주문하고 한겨울에는 유자를, 금귤을 손질한다. 옛날 사람들은 대체 왜 이렇게까지 했을까 싶을 만큼 재료를 절이고 말리고 졸이는 과정은 단순하지 않았지만 바로 그것에 묘미가 있었다. 슬로푸드의 대장님 격이라고 해야 할까. 나는 한식 디저트를 시간으로 만드는 음식이라고 생각했다. 그만큼 만드는 이의 시간과 정성이 흠뻑 들어가기 때문이다.

손으로 하는 것은 무엇이든 즐거워하고 또 빠르게 배우는 편인데, 한식 디저트는 흡수가 더욱 잘되는 것 같았다. 왜 하필 한식 디저트를 배웠나, 생각하면 일상의 음식이 아니라는 점이 무엇보다 큰 이유였다. 바람직한 건지는 모르겠지만 일단 한식 디저트는 손이 너무나 많이 가고 그만큼 가격이 높아서 선물로 쓰이는 고급 음식이다. 매일 일상을 메꾸는 요리만을 하면서 살아와서인지 어째선지 나는 매일 먹는 주식이 아니라 특별한 날에만 선물처럼 맛보게 되는 그것들에 자꾸만 마음이 갔다. 그것들의 선명한 존재감을 나는 닮고 싶었던 것일까.

삼시 세끼 밥하는 시간을 줄여 디저트 레시피를 익히는 데에 시간을 들이기 시작했다. 건정과와 과일칩을 말리는 건조기가 쉴 틈 없이 돌아갔다. 내 손으로 만들어보고 싶은 것들이 줄을 서 있었다. 그러다 좋은 선생님을 만나서 차근차근 시간을 모으고 모아 의정부로 수업을 들으러 다녔는데, 꼬박 일곱 시간의 수업이 힘들기는커녕 다녀오면 며칠 동안이나 마음이 들뜨고 즐거웠다. 관심사가 같은 사람들을 만나서 한 가지에 몰두하는 시간을 누린다는 건 꿈같은 일이었다. 그래서 수업이 있는 달은 설레고 신나는 달이었다.

한식 디저트에 빠진 뒤로 내가 생각해도 내 얼굴에 생기가 도는 것 같았다. 에너지가 안이 아니라 바깥으로 나가는 것이 느껴졌다. 내 안에 고인 에너지 때문에 나 자신이나 가족에게 뾰족하게 구는 횟수가 적어졌다. 남편과의 다툼이 획기적으로 줄어들었다.

꽃, 요리, 도자기, 그림…. 나는 헛헛한 마음에 생기를 불어넣고자 다양한 취미생활을 10년간 해볼 만큼 해봤다. 불나방처럼 여러 가지를 배우러 다니는 욕구의 가장 아래에 무엇이 있었던 것인지 지금은 안다. 그것은 다름 아닌 '이 일이 나를 바깥으로 꺼내줄 도구가 될 것인가 말 것인가' 하는 기대였다. 내가 탐색한 것은 적성이나 자아실현이 아니라 직업으로서의 가능성이었다. 나에게 있어서 설렘이란 취미와 소비의 담을 넘어, 부동산에 문의하고 사업계획서를 쓸 때 오는 것이기 때문이다.

사회적 통념에 의한 부끄러움을 잠시 접고 더 정확히 말해볼까? 내가 좇는 즐거움은 통장에서, 정확히는 내 가치와 내가 번 돈에서 올 것이다. 자아실현은 도저히 경제적 자립과 따로 놀 수 없다. 사람마다 기쁨의 역치가 다르겠지만 나에겐 숫자로 환산되는 가치가 필요했다. 노동의 결과물이 눈 녹듯이 사라지지 않고 형태를 가지고 남아 있기를 바랐다. 노력의 대가가 사랑이나 행복과 같은 모호한 것이 아닌 정확한 숫자로 드러나 보이기를 바랐다. 내가 시간과 정성을 들이면 그것이 누군가에게 분명한 의미가 되고 즐거운 경험이 되기를 바랐다. 나는 한식 디저트 사업을 고려하기 시작했다. 텅 빈 내 마음이 선명하게 보이는 결과물로 채워질 수 있다면, 남편이나 아이가 아닌 나의 능력에 의지하고 싶다.

이런 상상을 많이 했다. 언젠가는 햇살이 잘 드는 공간에 커다란 오븐을 놓고, 건조기도 놓고, 넓적한 테이블을 들여야지. 언젠가의 나는 그곳으로 아침에 출근해서 저녁에 퇴근해야지. 그곳에는 나를 여보나 엄마라고 부르는 사람이 없을 것이다. 오로지 내가 만든 것들이 새로운 이름을 달고 전국 각지의 사람들에게 각각의 의미를 담아 전해질 것이다. 그런 상상을 하는 것만으로도 나의 좁은 세계가 급격히 확장되는 느낌이 들었다. 얼마나 상쾌한 상상인지 몰랐다. 내친김에 가게 이름도 미리 상상해봤다. 나는 그곳에서 가장 아름답고 좋은 것만 만들어낼 거다. 생각만 해도 실실 웃음이 나는 미래였다.

다시 일을 한다면 나는 내 경험을 살리고 싶었다. 나의 과거를 블랙홀로 만드는 일자리 말고, 나의 과거가 경력이 되고 쓰임이 되는 일이 분명히 있을 거라 믿었다. 내가 거쳤던 수많은 취미생활 가운데 유독 요리에서 사업의 가능성을 계산해보게 된 것은 그런 이유도 있었다. 어쩌면 지난 10년 동안 부엌에서 보낸 시간이 이렇게 날개를 달 수도 있을 것 같았다. 전업주부가 되지 않았다면 요리에 관심이 있는 줄도 몰랐을 테고, 흘러 흘러 한식 디저트를 배울 기회도 없었을 테니 어쩌면 이 모든 게 자연스러운 결말은 아닐까? 가정도 일도 다 잡고 싶다는 고민의 답을 제대로 찾은 것 같았다.

그러나.

꿈이 꿈다운 꿈이 되려면

대출을 알아보고 시간제 돌봄 서비스를 알아보고 사업성을 검토하는 것만으로도 시간은 모자랐다. 그러나 다른 한편으로는 요리라는, 전통적인 여성의 일을 계속한다는 것에 대한 비판적인 생각을 멈출 수가 없었다. 상반된 두 가지 생각은 마치 내 머리 오른쪽과 왼쪽에 있는 천사와 악마 같았다. 천사가 "드디어 내 경력을 살릴 멋진 일을 찾았어!"라고 기뻐하자마자 악마가 말했다. "집에서 살림만 하더니 결국 요리와 관련된 일을 하겠다고?"

요컨대 나는 나의 주부 경력을 살릴 수 있어 안심하는 한편,

여성이나 주부를 연상시키지 않는 전혀 다른 일을 하고 싶었던 것 같다. 고백하자면 나는 여자라는 게 약점이 되는 일에도, 여자에게 딱이라고 느껴지는 일에도 거부감이 들었다. 오래전부터 언제나 내 마음속에는 사사건건 나를 비웃는 검열관이 한 명 있었다.

겨우 이십 대였을 때 첫 면접에서 받은 질문을 나는 아직도 기억한다. 그 질문은 "남자친구 있습니까?"였다. 그건 내 연애사를 묻는 질문이 아니었다. 그건 내가 여자였기 때문에, 여자가 일을 하려고 사회에 나왔기 때문에 받는 특별한 질문이었다. 지금이라고 다를까? 형태는 달라져도 여전히 그런 질문들이 나를 기다리고 있다는 것을 안다. 2020년 한국 공영방송 KBS의 시사 프로그램 〈더 라이브〉의 진행자는 한 국회의원에게 이런 질문을 던졌다.

"집에 자녀가 있는데 국회의원이 되면 엄청 바쁘실 텐데 육아는 그럼 어떻게 되는 겁니까?"

국회의원에게 던지는 질문이라기엔 너무나 수준이 낮았다. 마치 내가 받았던 면접 질문처럼. 오래전 학생에서 사회인이 되자마자 이런 질문에 많이 맞아본 나는 가장 안전한 대답을 배웠다.

"저는 결혼 생각이 없고요, 결혼해도 애는 안 낳을 거고요, 낳아도 친정엄마가 전적으로 봐주시기로 했습니다."

내가 고용되기 위해서는 나의 업무 능력을 증명함과 동시에 생물학적 여성의 삶에 관심이 없음을 알려야 했다. 그게 내가 아는 현실이었다. '여성적인 것과는 거리를 두는 것이 직업적으로 안전하다'라는 슬픈 결론을 내리고 만 것이다. 그 때문에 나는 여성들이 그동안 해온 전통적인 일에 대해 색안경을 끼고 있는지도 몰랐다. 그게 내 안에 있는 검열관의 정체였다. 여자라서 받는 무례한 질문들이 지긋지긋해서 내가 여성성을 초월한다는 것을 증명하고 싶었다. 실현되지 못한 오래되고 삐뚤어진 욕망이 각설이처럼 죽지도 않고 또 오고 있었다.

전통적으로 여성의 직업이라고 일컫는, 돌봄과 요리와 청소의 연장선상에 있는 일이 아닌 중성적인 일을 하고 싶은데, 결국 또 요리라니. 그것도 이렇게나 공들여 예쁘게 꾸민 전통 디저트라니, 너한테 딱이네 푸훗, 검열관이 웃었다. 물론 나는 어렸을 때부터 한 번도 우주 비행사나 지질학자 같은 직업을 꿈꾼 적은 없다. 나에게 돌아오는 사회적 기대 이상으로 꿈의 그릇을 키우지 않은 건지, 정말 내 꿈이 그랬는지는 이미 커버려서 나도 잘 모르겠다.

나는 일에 나의 성별과 위치를 엮지 않는 사람이 되고 싶었다. 그게 멋지고 옳다고 세상이 말했으니까. 하지만 동시에 세상은 내가 나라는—여성이고 아내이고 엄마라는—사실을 한 번도 내 일과 분리해놓고 보지 않았다. 그래서 나는 혼란스러웠고 지금도 혼란스럽다. 세상은 나에게 내가 나 자신이 되는 것보다 아내가, 엄마가 되는 것이 우선이라고 말해왔다. 아무리 뛰어난 직업적 성취를 이루어도 엄마로서, 아내로서의 평가에서 낙제한다면 실패자인 거라고 했다. 사회에서 나는 일하는 사람이 아니라 일하는 아내, 일하는 주부, 일하는 엄마로 받아들여진다. '가족이 있다'는 자연스러운 상태가 여자인 나에게는 직업적인 핸디캡으로 둔갑한다. 나는 그로 인한 불이익이나 눈총을 극복하기 위해 태연한 척, 초월한 척하며 견딜 것이다. 분하지만 이것은 앞으로도 내가 부딪히게 될 벽이다.

최근에 나에게는 한식 디저트 외에도 직업이 될지도 모를 작은 가능성들이 생겨나기 시작했다. 다시 꿈을 꾸기 시작했더니 하고 싶은 것들이 너무나 많다. 꿈 값으로 지불한 건 집 안 곳곳에서 티가 나는 나의 부재다. 서운해하거나 불평하던 가족들도 이제는 익숙해진 듯하다. 밤 10시, "나 이제 글 쓸 거야" 하면 남편은 불평 없이 아이들 잘 준비를 시켜서 방으로 데리고 들어가 문을 닫는다. 밥 차리던 식탁은 작업실이 된다. "이제부터 준비 차근차근 해서 돈 많이 벌게, 당신은 회사 조금만 더 다니다가 그냥 은퇴해. 이제 가장은 그만하고 하고 싶은 거 하고 살아." 남편은 이런 내 말을 절대 안 믿는다는 얼굴을 하면서도 그 말이 듣기 싫지는 않은 모양이다.

그러나, 늘 이상적이고 아름다운 장면이 있는 것은 아니다. 내가 약속대로 일하는 시간임을 알려도 남편이 "오늘은 처리해야 할 회사 일이 있어"라고 말하면 상황은 끝나기 때문이다. 내가 아무리 치열하게 일한다고 해도 나의 일은 우선순위에서 밀린다. 지난 10년 동안 많은 이유로 내 일의 우선순위가 밀려왔기 때문에 충분히 예상이 가능한 일이다. 아이를 출산하고, 모유를 주고, 아이에게 정서적 안정감을 주고, 학습의 기본을 닦아주고… 그리고 남는 시간에 내 일을 하며 살아왔다. 앞으로도 많은 일이 생길 것이다. 아이가 아프다, 부모님이 아프다, 아이 학업 상담이 필요하다, 학교에서 학부모 활동을 해야 한다, 아이에게 중요한 일정이 생긴다… 그런 경우 우리 둘 중 누구에게 먼저 연락이 갈지, 나는 겪기 전에도 다 알고 있다.

결혼 후 시작된 공동생활에는 수많은 가사와 양육 일이 따라 붙는다. 그것을 사회 일과 병행하는 것은 끝없는 숙제다. 그러나 나는 그것이 나만의 숙제가 아니기를 바란다. 나와 남편, 두 아이. 우리 넷이서 어떻게 일을 분담할지 아주 오랫동안 진지하게 의논해야 할 것이다. 나는 의논하다가 또 화를 내거나 분노할지도 모른다. 싸울지도 모른다. 이제 내가 미워하는 건 남편이 아니라 나를 늘 평가하고 비웃던 내부와 외부의 검열관이다. 전업주부가 어디서 감히 가사 분담을 요구하느냐고 하는, 그래도 애들 일에는 엄마가 나서는 게 당연하다고 하는, 여자가 일한다고 유세 떨지 말고 집 안이나 잘 돌보라고 하는 그놈과 싸울 것이다.

　이젠 사라질 때도 되었건만 버티고 발악하는 늙고 병든 검열관의 이름은 가부장제이다. 계란으로 바위 치기여도 좋다. 나에게는 아직 수십 년 치의 계란이 남아 있으니 괜찮다. 나는 이제야 철이 들어서 부부 중 누구도 책임을 독박 쓰지 않고, 누구도 자아를 희생하지 않고, 함께 일하고, 함께 가정을 돌보고, 함께 시간을 누리는 아름다운 가족을 꿈꾸기 시작했다. 그래서 우리 아이들은 그런 가정에서 나보다 더 나은 꿈을 키우며 무럭무럭 자라기를 꿈꾼다.

오늘, 전업주부를 졸업합니다

전업주부를 졸업하기로 했다. 졸업이라는 단어는, 내가 스스로 가장 바닥에 있다고 느끼던 어느날 내 안에서 툭 하고 튀어나온 것이었다. "졸업하고 싶어…"라고. 대체 졸업이란 뭘까? 단지 다시 일을 시작해서 가정으로부터 멀어지고 싶었던 것일까? 아내나 엄마가 아닌 나 자신으로도 살고 싶다는 욕구가 목구멍까지 차올랐지만 그렇다고 해서 지난 10년간 나 자신이나 마찬가지였던 것들을 다 내다버리고 싶었던 것은 아니었다.

나는 결혼생활이 마음에 들었다. 결혼하고 사람들이 말하던 대로 안정감과 소속감을 얻었다. 그러나 미처 알지 못했던 것들도 있었다. 결혼 전에 알던 결혼, 출산, 육아에 대한 정보가 얼마나 제한적이고 편파적이었는지는 겪어본 후에야 알았다. 또한 결혼한 여자에게는 선택하기 이전에 이미 강제된 역할과 정해진 관계도가 선명하다는 것도.

아내, 엄마, 며느리로서의 행동 규범과 모범 답안은 지나치게 엄격했다. 무엇보다 전업주부가 마주하는 가치관은 안과 밖이 너무나 달랐다. 전업주부가 집에서 강력히 제안받는 역할은 경제적 가치와는 무관하게 정서적인 인간 범퍼가 되는 것이었으나, 동시에 집 밖에서는 경제적 무능력을 이유로 쉽게 무시당하고 비하되는 자본주의적 논리가 적용되었다. 안에서는 훌륭한 주부여도 밖에서는 혐오의 대상이 되거나, 밖에서는 훌륭한 사회인이어도 안에서는 비난받는 주부가 되는 일이 너무나 흔했다.

한 친구는 내게 말했다.

"근데, 네가 선택한 거잖아."

막말로 남편이 나보다 잘 벌고, 내가 사회에서 계속 일하는 것보다 집에서 가사와 육아를 맡는 게 나아서 이 자리를 자발적으로 선택한 것이 아니냐는 거다. 이는 전업주부를 보는 가장 단순한 시각이다. 이런 시선은 전업주부를 경제적 논리에 따른 이

직으로 판단하고, 스스로 한 선택에 불만을 가지면 안 된다는 논리에 가둔다. 그러나 그것이 과연 선택이었을까? 가사와 육아가 정말 선택의 문제였다면, 결혼해도 일을 계속하는 여성들에게 벌어지는 일들을 설명할 수 있어야 한다. 오직 여성에게만 집요하게 따라오는 책임과 요구를 듣다 보면 자발적 선택이라고 부르는 것들에 의문이 생긴다.

$\downarrow$

　　　　사회와 관습은 여성이 어떤 교육을 받았건 어떤 일을 하건 결혼하고 애를 낳았으면 서둘러 집에 돌아가서 주어진 돌봄의 의무를 하라고 등 떠민다. 하지만 일단 집으로 들어가면 그 뒤는 여성 개인의 선택 문제로 떠넘긴다. 백 번 양보하여 내가 당시에 경제적으로 열등한 존재로서 전업주부를 선택했다 하더라도, 다시 경제적, 사회적 가치를 높일 기회조차 박탈당하면 안 되는 것이 아닌가. 한 번 집으로 돌아간 사람은 잠재력과 상관없이 사회적으로 의존적인 존재로 추락하고 집 외에 갈 곳 없어진다면, 그러한 사회구조에는 문제가 있는 것이 아닐까.

내 경력은 훌륭하다. 나는 주부로 살면서 아주 많이 성장했다. 특히 두 아이의 주 양육자가 되는 경험이 그랬다. 인내심과 참을성, 생명에 대한 이해와 인간에 대한 사랑, 불굴의 정신력까지… 나는 분명히 이전보다 훨씬 강하고 따뜻한 인간이 되었다. 그러나 더 진화하고 성숙해진 나는 어디로도, 어떤 조직으로도 돌아갈 수가 없었다. 그 누구도 가족을 거두고 아이를 기르는 일이 하찮은 것이라고는 하지 않았다. 하지만 그러면서도 사람들은 나를 집에서 논다고 말하고, 특혜를 받아 놀다가 온 사람으로 취급했다. 이런 이중적이고 혼란스러운 정체성으로 나는 자부심과 자격지심 사이를 왔다 갔다 했다. 일하는 남편을 응원하면서도 못 견디게 질투하고, 아이들 재롱에 행복하면서도 불안했던 나를 돌아보니 그랬다. 전업주부로서 가장 힘들었던 점은 바로, 무엇에도 온전히, 편히 두지 못하는 나의 마음이었다. 나는 그렇게 어정쩡하게 보낸 시간들이 아쉽다.

출산과 육아, 생활을 스스로 책임지는 어른의 일은 삶의 정수라고도 할 수 있다. 그 젊은 시절의 기쁜 경험들 앞에서 죄책감과 불만족, 의심과 회의를 느끼고, 심지어 그게 다 나 자신이 나약하고 부족하기 때문이라고만 자책했던 시간들이 아깝다.

나만의 문제는 아닐 것이다. 사회의 기본 단위인 가정을 돌보고 미래 사회의 구성원을 낳아 기르는 일이 여성 개인의 짐으로 떠넘겨지는 한, 여성은 늘 그런 모순된 감정에 시달려야만 한다. 그리고 돌봄이 여성의 본능이고 모성은 타고나는 것이라는 생각 속에 갇히면, 실제로 부족한 건 제도적, 사회적 지원과 안전망일 뿐이라는 사실을 끝내 모르게 될 수도 있다.

주부란 직업일 수도 있고 직업이 아닐 수도 있다. 그 역할에 삶을 쓰는 것이 만족스러울 수도 있고 숨 막힐 수도 있다. 어떤 시기에는 직업이었다가, 다른 시기에는 아닐 수도 있다. 중요한 건 결혼과 동시에 사회적 책임과 개인적 선택의 경계 없이 쏟아지는 요구들에 흔들리지 않고 자기 자신의 목소리를 찾는 것이다. 내가 수용할 수 있는 '주부'에 대한 정의를 내리고, 선긋기를 해야 한다. 남들이 정한 곳에 얌전히 머무르는 대신, 내가 있고 싶은 곳에서 내가 하고 싶은 말을 했으면 한다.

↓

이 글을 읽는 당신은 어떤 생각을 하는지 궁금하다. 이 정도면 괜찮다 생각하며 살고 있지만 자꾸만 무언가가 마음을 톡톡 두드리고, 그로 인해 불편하고 우울하지는 않는지. 불만족스러운 자신에게 죄책감을 느끼면서 그 소리를 못 들은 척하지는 않는지 말이다. 이대로 주저앉기엔 남은 인생이 너무 길다는 생각에 가슴이 답답하지는 않은지.

만약 그렇다면 우리는 다음 단계로 이동할 준비가 되었다. 기꺼이 한 시기를 마무리하며 더 만족스러울 만한 것들로 채워나갈 때다. 그 끝에는 조금 더 힘을 가진, 조금 더 즐거운 내가 있을지도 모른다.

　　　　　"자기야, 요즘 우리 대화가 너무
부족한 거 같아."

　남편이 말했다. 나는 노트북에서 눈을 떼고 남편을 보았다.

　"우리가? 대화 충분히 하고 있는 거 같은데? 나한테 뭐 할 말
있었어?"

　"아니… 그냥 요즘은 만날 바쁘다고 하고, 우리끼리 얘기하고
그런 게 전혀 없는 것 같아서…. 나한테도 관심을 좀 가져줬으면
좋겠다고."

　웅얼거리는 남편의 말을 듣다가 나도 모르게 입꼬리가 말려

올라갔다. 지금 들은 그 말은, 불과 몇 달 전까지 내가 항상 하던 말이 아닌가. 그 한마디 말이 뭐라고 연애할 때로 돌아간 것처럼 살짝 즐거웠다. 복수한 것 같은 즐거움은 절대 아니…고!

'11시에 엄마는 퇴근한다'는 선언 이후, 나는 아이들을 잠자리에 들여보내고 나면 보통 식탁에 앉아서 내 일을 한다. 보통은 그렇게 평화롭게 하루를 마감하지만 밤잠 없는 큰아들은 종종 나와 내 일에 참견을 한다. 엄마는 안 자는데 자기만 자는 게 억울하다는 거다. 어느 날엔 내가 쓰는 글의 제목을 보고 울먹였다.

"전업주부를 졸업하면 엄마가 일하러 나간다는 거야? 그럼 나는 안 돌봐주고? 엄마가 어떻게 그럴 수가 있어?"

나는 당황하지 않고 아이를 껴안고 말한다.

"싫어? 그럼 엄마 계속 집에만 있을게. 너 중학생 되고 고등학생 돼도 계속 학교 앞에서 기다리고 학원 앞에서 기다리고 친구 만날 때도 같이 갈래. 와 너무 행복하겠다, 엄마는 평생 너만 쫓아다니면서 살아야지! 너도 엄마를 위해 그래줄 수 있지? 우리 약속하자."

아이는 눈을 데굴데굴 굴리다가 새끼손가락을 내미는 대신 "안녕히 주무세요" 하고 방으로 들어간다.

아직은 아무것도 아니더라도, 무엇인가가 되기 위해서는 시간이 필요하다는 것을 아이도 이해하게 되었다. 자신이 영어를 잘하기 위해 매일 한 시간씩 영어 공부를 하듯이, 엄마도 무언가를 잘하기 위해서 그것에 시간과 노력을 들여야 한다는 것을 말이다. 그 덕분에 가족의 투정은 줄었고, 나는 전보다 덜 흔들리고 덜 미안해하며 내가 가고자 하는 길을 가고 있다.

아마 나는 내가 평생 당연히 누리고 살았던 것들을 가족들에게 물려주지 못할지도 모른다. 내가 한때 꿈꿨던, 가족들 마음의 고향이 되어주는 일을 멈추기로 했기 때문이다. 언제든 같은 자리에서 같은 모습으로 맞아주고, 무엇이든 퍼주는 엄마 역할, 그런 꿈과 환상의 세계는 만들지 않기로 했다. 남편과 아이들이 생활인으로서 마땅히 해야 할 것들을 내가 무리해서 대신해주고는 생색내지 않기로 했다. 나는 이제 전업주부라는 말에 꾸역꾸역 눌러 담았던 불순물들을 빼고 그냥 담백한 주부이자 엄마가 되었다. 담백한 주부인 내가 만들어갈 집이란 단단한 정서적 지지 안에서 모두 각자가 할 수 있는 만큼만 최선을 다하는 부채감 제로의 가족공동체, 그게 다이다.

글을 쓰고 일을 준비하면서 나는 자신감과 자존감이 많이 올라갔다. 남들이 보기엔 아직 삶에 큰 변화가 없고, 여전히 버둥거리면서 현실을 살아내고 있지만 가족 간의 관계가 조금씩 변하고 있고, 무엇보다 나의 내면이 많이 변한 것을 느끼고 있다. 내가 나를 돕고 있고 내가 나를 구했다는 효능감에서 드디어 그렇게 바라던 자존감과 자신감의 새싹이 자라나고 있다.

나는 아마도 무사히 졸업한 것 같다. 이 책은 졸업논문이자 내 삶을 탐구한 첫 번째 발걸음이다. 결심하기까지 참 길고 춥고 무거운 발걸음을 떼어야 했지만, 일단 시작했으니 두 번째, 세 번째 발걸음은 점점 가볍고 즐거워질 것이다. 첫걸음을 내딛을 수 있도록 따뜻한 손을 내밀어준 느린서재 최 대표에게 감사의 마음을 전한다.

작년 이맘때, 이렇게는 못 살겠다는 잠꼬대를 하며 깨어나던 나에게 이 책을 바치고 싶다. 온전히 나를 위해서 쓴 글이다. 그리고 첫 번째 한 걸음을 떼기 위해 무척이나 애쓰는 당신에게도 나의 이야기가 하나의 선행 사례로 읽힌다면 좋겠다.

전업주부는 이제 끝!

참고한 책들

라문숙, 《전업주부입니다만》, 알에이치코리아(RHK)
오소희, 《엄마의 20년》, 수오서재
이라영, 《여자를 위해 대신 생각해줄 필요는 없다》, 문예출판사
조남주, 《82년생 김지영》, 민음사

메리 올리버, 민승남 옮김, 《완벽한 날들》, 마음산책
베티 프리단, 김현우 옮김, 《여성성의 신화》, 갈라파고스
카트리네 마르살, 김희정 옮김, 《잠깐 애덤 스미스씨, 저녁은 누가 차려줬어요?》, 부키
킴 처닌, 《허기진 자아》, Kim Chernin, The Hungry Self : Women, Eating, and
Identity (New York : Harper Perennial, 1985)

함께 읽어보면 좋을 책

리베카 솔닛, 《이것은 이름들의 전쟁이다》, 창비
스칼릿 커티스 외, 《나만 그런 게 아니었어》, 윌북
시몬 드 보부아르, 《제2의 성》, 을유문화사
크리스틴 R 고드시, 《왜 여성은 사회주의사회에서 더 나은 섹스를 하는가》, 이학사

이다혜, 《어른이 되어 더 큰 혼란이 시작되었다》, 현암사
장영은, 《쓰고 싸우고 살아남다》, 민음사
정아은, 《당신이 집에서 논다는 거짓말》, 천년의 상상

아무도 불러주지 않는 **내 이름**을 찾기로 했다
ⓒ 김혜원 2022

초판 1쇄 발행 2022년 6월 28일
초판 2쇄 발행 2023년 8월 3일

지 은 이   김혜원   펴 낸 곳   느린서재
펴 낸 이   **최아영**   출판등록   제2021-000049호
                                          전   화   031-431-8390
책임편집   **최아영**   팩   스   031-696-6081
교정교열   **최지은**   전자우편   calmdown.library@gmail.com
디 자 인   이효진 작업실   인 스 타   calmdown_library
인쇄제본   세걸음   I S B N   979-11-978384-9-1 03810